日本名诗导读

日本名詩の鑑賞と解読

王广生
刘德润
著

中国出版集团有限公司

图书在版编目（CIP）数据

日本名诗导读 / 王广生，刘德润著. — 北京：世界图书出版有限公司北京分公司，2023.10
ISBN 978-7-5232-0620-1

Ⅰ.①日… Ⅱ.①王… ②刘… Ⅲ.①诗歌研究—日本 Ⅳ.①I313.072

中国国家版本馆CIP数据核字（2023）第131352号

书　　名　日本名诗导读
RIBEN MINGSHI DAODU

著　　者　王广生　刘德润
特约审校　余祖发
责任编辑　赵　茜
责任校对　张建民
装帧设计　崔欣晔

出版发行　世界图书出版有限公司北京分公司
地　　址　北京市东城区朝内大街137号
邮　　编　100010
电　　话　010-64038355（发行）　64033507（总编室）
网　　址　http://www.wpcbj.com.cn
邮　　箱　wpcbjst@vip.163.com
销　　售　新华书店
印　　刷　三河市国英印务有限公司
开　　本　880mm × 1230mm　1/32
印　　张　9.5　插页 16
字　　数　232千字
版　　次　2023年10月第1版
印　　次　2023年10月第1次印刷
国际书号　ISBN 978-7-5232-0620-1
定　　价　58.00元

序

诗歌，是一个近代性的词汇。历史地来看，先有“歌”，后有“诗”，两者独立而并行，在近代东西方文化的对话与冲突中，成为对应西语“poetry”等的译词而流行于世（汉字文化圈）。

日本诗歌是世界诗歌灿烂星河中不可或缺的一部分，其历史可追溯到日本文化的生发期，其滥觞正是文字尚未出现之时的远古歌谣（“歌”），与“巫”同源（音乐、舞蹈和歌谣同源于此）。近代之前，日本诗歌以诗体而论，概分为汉诗、和歌和民间歌谣等，出现了《怀风藻》《万叶集》《古今和歌集》《新古今和歌集》等诗歌集以及松尾芭蕉、与谢芜村等著名的俳谐创作者。不过，汉诗与和歌也并非处于截然不同的世界，在发生学意义上，和歌的生成与中国古乐府歌行体密切相关（如“短歌”首先作为“长歌”的“反歌”之形态存在）。而且，包括日本和歌在内的日本古典文化都是以古代汉文化为催化剂和参照系而生成的文化现象，如所谓“三大和歌集”及其歌风的形成背后都有深刻的思想（思想，本身就包含“思”与“想”及其相互关系等多个面向，而非仅是一种纯粹理性的思维活动）演化和汉文化受容的脉络。若以确立和歌之国风位置的《古今和歌集》为例，我们可以看到其所谓“爱讲道理”（理屈っぽい）的特色（即使有，也只不过是次要的特质），实际上是创作者意欲创设一种“对立”于汉文化——确立自我的“和歌”之样态，却“意欲过剩”的产物。换言之，所谓“爱讲道理”只不过是其女性化风格（相对于汉文化及《万叶集》的整体性描述，“爱讲道理”本身就暗含了对自身确定性的摇摆）的一种变异形态。要之，和汉文化的并存与内共生是日本古典诗歌生成与演进的基本文化脉络和逻辑。

明治以降，和汉文化内共生的局面逐渐演变成“和、汉、洋”三种文化在古今/东西的框架下的冲突与融合。就诗歌领域而言，以1882年刊出的《新体诗抄》（原名《新体诗抄初编》）为标志，开启了日本诗歌革新的热潮。在西方文学文化思潮的影响下，先后出现了《面影》《嫩菜集》《海潮音》《白羊宫》《邪宗门》《新诗四章》《道程》《圣三棱玻璃》《吠月》《春与修罗》等代表性诗集，以及《一把砂》《别离》等代表性歌集，另有正冈子规、高滨虚子等人的俳句创作。大正年间（1912—1926），西方的生命哲学、现代性艺术思潮、无产阶级文学思想等开始在日本产生影响，出现了高桥新吉、中野重治、三好达治、丸山薰、萩原朔太郎、中原中也等诗坛名家。特别需要指出的是，正是在思想多元内共生的明治、大正时代，出现了宫泽贤治、金子美铃等拥有独特世界观和诗歌信念的天才诗人。可惜，后来日本思想文化日趋走向狭隘而闭塞，日趋危难而妥协，终与愚民的皇权法西斯体制相合谋，诗歌变异为战争的工具和奴隶，包括与谢野晶子、高村光太郎等诗界名流尽数沦落。二战后，以《荒地》及其周边诗人为中心的“荒地派”引人瞩目，另有饭岛耕一、谷川俊太郎等也开始受到关注。经过百余年的演进，在后现代特征凸显的消费时代，历经千年的日本汉诗创作几近消隐，口语自由诗歌渐为主流，而俳句、短歌等传统诗体依然存续，而且，与汉语诗坛的“热闹”不同，当下的日本诗坛显得十分安静。每个诗人似乎都是一个孤独而沉默的原子个体。

五四新文化运动以来，国人对日本诗歌的关注多半是自身文化转型的迫切需要，如周作人对日本短歌、俳句的译介，就源于对汉语新诗的不满与期待。如今，关于汉语新诗的争论俨然成为一种职业，但若站在世界文学的立场观之，拿得出手的又有几首？最重要的原因自然不在（现代）汉语诗歌抑或（现代）汉语本身，而在于汉语诗歌创作者自身主体性尚未真正确立，何来强大的生命意志和思想之力？！这与个性被忽略、原创性丧失实属同一个问题。而在诗学上，以世界文化的视阈为前提，如何将传统之中国与现代之中国纳入当下的诗歌书写中，依然是诗人应有的自觉。由此看来，鲁迅先生所言的“拿来主义”仍然没有过时。

当然，我们撰写这部书稿的最直接原因，是在日常教学过程中发现国内鲜有这样的尝试：按照日本诗歌史（古典—近代—现当代）的脉络，以中日双语对照的方式选译、注解并导读名家名作，兼及广大诗歌爱好者和日语专业学习者的兴趣及需求。2023年6月，作为“双语对照外国诗丛”之一，我和刘老师合作编译的《日语名诗100首》刊印，该书侧重翻译，并无导读的部分。可以说，撰写《日本名诗导读》，在某种意义上就是弥补上次的遗憾。本书分为以下部分，即日文原诗、现代日语译文（仅限古典篇）、中文译诗、释文以及页下注释。语言是诗歌的基础，诗歌是语言的艺术。诗歌之美首先在于语言的形式与节律，而语言的音韵和构型规定了诗歌审美的维度。为了帮助日语学习者习得（不同时代）日语的语法和音律，并据此寻得通往诗歌赏析的途径，我们加注了详细的语音和语法解读。而释文部分，则意在揭示出诗歌背后的历史事件、文化脉络以及艺术特色。毕竟，诗歌不仅仅是语言本身（在“语言是人类存在之家”的意义上，诗歌或可理解为是语言真正在“说话”），作为一种现代艺术的美学形态，诗歌的艺术理想，或在于弥合人类所处的事实与价值分裂而异化的世界。在此，感谢负责“双语对照外国诗丛”的杨晓明主任的理解与善意，经由她的同意，本书也选取了《日语名诗100首》中的部分篇目，特此说明。在该书的撰写过程中，也修订了部分译文或注释，大家也可参照阅读。

众所周知，诗歌的翻译是一件费力又不讨好的事情，至少有两个理由：一是语言本身，二是诗歌的特点。更何况，翻译本身就是一种诠释行为，每个人的理解又有差异。由此观之，翻译诗歌的结局注定不可能是皆大欢喜的。持此觉悟（有可能也是一种执念），在翻译和解读的过程中，我们尽可能坚守“尊重语言、尊重诗歌”这一原则，即在充分理解原诗的基础上，将诗歌“还原”为诗歌。这样一来，有时为了还原诗歌的节奏或形式塑造的艺术之美，就不得不打破原有的韵律，而尝试以汉语的韵律再现。也就是说，诗虽贵乎真，但所谓“真”既有语言事实的“真”，也有审美意义的“真”。在两种“真”冲突时，孰轻孰重？我们也多有犹豫。此种情形，我们多半加注做了说明，并于此对沉冗之表述示以歉意。

此外，出于观赏的考虑，本书根据选诗的内容增加了部分插图，这些插图出自日本著名版画家吉田博（Yoshida Hiroshi，1876—1950）和川濑巴水（Kawase Hasui，1883—1957）的作品。

刘德润老师是我的业师，也是日本古典诗歌翻译的名家，他的助力让本书免于以单薄的“日本近现代诗歌导读”问世，在确定本书的作者排名时，恩师执意要将笔者放在前面，只好恭敬而从命，心中却多有不安。另，虽几易书稿，但错讹必也难免，而责任一定在我，敬请大家批评指正。由于种种原因，特别是笔者自身视野所限，很多优秀的诗人与诗歌未能入选。看来，所谓“名诗”，难逃个人主观。虽说如此，题名之事，也祈谅解。

2021年6月，首都师范大学外国诗歌研究中心正式挂牌成立，这是国内第一个以此命名的志业于外国诗歌翻译与研究的机构。迄今为止，除了常规课程与主题讲座之外，我们还定期出版《当代国际诗坛》（唐晓渡、西川、刘文飞主编），并策划出版了由商务印书馆刊行的“双语对照外国诗丛”等。此书的出版也是本中心开设的国别诗歌课程之阶段性成果，并由首都师范大学资助出版。

借用柏拉图“美是难的”这句话，在翻译、注释、解读过程中，我也愈发产生“诗是难的”而“译诗更难”的感受。或许，暂时摆脱形而上学的追问，穿行于诗歌带给我们的细雨、风暴和雷电，触碰理性的感性显现，品味“感应分离”与“生存失位”中滋生的美学空间，在诗歌具体的翻译过程中，体验不同语言间的冲突、对话及其过程中情感与密码置换的快感、遗失的缺憾等，都是一种难以言明的内向化精神经验。

在本书完稿之际，我和刘德润老师、余祖发老师邀约并期待更多的日本诗歌爱好者和研究者加入诗歌翻译与研究的领域中来。

王广生

癸卯年四月十四日于花园桥

目录

古典篇

近现代篇

I

古典篇

古典篇

求婚歌

雄略天皇

籠もよ① み籠② 持ち

ふくしもよ みぶくし持ち

この岡に 菜摘ます③ 児

家告らな④ 名告らさね⑤

そらみつ⑥ 大和の国は

おしなべて⑦ 我こそ居れ⑧

しきなべて 我こそ座せ⑨

我こそば⑩ 告らめ⑪

家をも 名をも

——『万葉集』巻1-001

---

① 籠もよ：“も”，是系助词。“よ”，终助词。
② み籠：“み”，是表示美称的接头词。
③ 菜摘ます：“菜”后面省略了格助词“を”。“摘ます”：“摘ま”，四段动词“摘む”的未然形“摘ま”+敬语助动词“す”（连体形）。
④ 告らな：四段动词未然形“告ら”+终助词“な”，表示愿望与命令，同现代日语“お告げなさい”。
⑤ 告らさね：四段动词“告る”的未然形“告ら”+敬语助动词“す”的未然形“さ”+终助词“ね”，表示催促。
⑥ そらみつ：枕词，与后面的“大和”相连使用。
⑦ おしなべて：同现代日语“すべて”。下句中的“しきなべて”。也同“すべて”。
⑧ 居れ：存在动词“居り”的已然形，与系助词“こそ”呼应，变成了已然形。
⑨ 座せ：表示存在动词的敬语，四段动词“座す”的已然形，与系助词“こそ”呼应。
⑩ こそば：“こそ”+“は”，出现了连浊现象，“こそは”变成了“こそば”。
⑪ 告らめ：四段他动词“告る”的未然形“告ら”+劝诱助动词“む”的已然形“め”。

现代日语译文

籠もまあ、よい籠を持ち、ふくしもまあ、よいふくしを持って、この岡で菜を摘んでおられる娘さん。あなたのお家はどこか、おっしゃいなさい。お名前は何と言うのか、おっしゃいなさい。この大和の国は、この私が治めている。全部を私が治めているのだよ。まず、私から名告ろう、私の家も名前も。

中文译诗

求婚歌

竹篮哟，提在手，

木镢哟，何精巧。

淑女登山冈，早春挖菜苗。

芳名与家世，容我来请教。

大和之国，吾位最高。

国土泱泱，皆属我朝。

吾名吾家，告汝知晓。

——《万叶集》卷1-001

释文

雄略天皇（ゆうりゃくてんのう，418—479），第21代天皇，雄才大略，富于传奇色彩。据《古事记》与《日本书纪》记载，为争得王位，他杀死了兄弟中有竞争资格的对手15人。相传，他曾派使者到中国南北朝时期的南齐与梁朝贺。

《万叶集》卷首为求婚歌，歌风雄浑朴实，洋溢着青春的律动，也拉开了万叶时代的大幕。大和原野上，春风骀荡，充满着田园牧歌情调的求婚歌在浅山冈上回响。歌中，天皇向姑娘询问姓名与家世，就是求婚的表示。古代日本人崇拜山川草木，还信仰“言灵”（语言咒力，语言之灵）。时人认为，语言与人类本身一样具有神奇的咒力与灵魂。人的姓名之中，更是包含有本人的灵魂。特别是女性，有人向她询问姓名，就意味着求婚。如果她回答了对方的询问，就是对求婚的许诺。雄略天皇独唱了一曲咏叹调，而被询问的姑娘却一言不发，我们可以想象出她那惶惑与羞涩的神情吧。不过，这位姑娘并非普通的村姑，而是当地豪族的千金。雄略天皇不光是对她的美貌一见钟情，而且还有通过联姻来扩大疆土的愿望。如果这位豪族的女儿嫁给天皇，这片土地也将从属于天皇。

自古以来，日本流行早春采集，食用“春之七草”的习惯。其中，有的是根部可食用，有的是叶和茎可食用。

決別歌

柿本人麻呂

石見(いはみ)のや① 高角山(たかつのやま)の 木(こ)の間(ま)より
わが振(ふ)る袖(そで)を 妹(いも)②見(み)つらむ③か

——『万葉集(まんようしゅう)』巻(まき)2-132

现代日语译文

石見(いわみ)の国(くに)の高(たか)い山(やま)の木(こ)の間(ま)から、私(わたし)が振(ふ)る袖(そで)を妻(つま)は見(み)たであろうか。

---

① や：间投助词，前面省略了“高角山”。
② 妹：万叶时代，“妹”，也可以用来称自己的情人和妻子。这里是妻子的意思。
③ 見つらむ：“見つ”，同“見た”。助动词“つ”表示完了。“らむ”，是推量助动词。

中文译诗

诀别歌

石见国，高角山，我行山林间。
依依难舍挥衣袖，吾妻可曾见。

——《万叶集》卷2-132

释文

柿本人麻吕（かきのもとのひとまろ），生卒年不详，万叶时代最有代表性的歌人，人称歌圣，活跃于天武天皇、女帝持统天皇、文武天皇三个朝代。他担任宫廷歌人，专为朝廷唱赞歌，跟随天皇出游即兴作歌、记事抒情，为盛大庆典写贺歌，也为天皇或皇族之死写挽歌。除此之外，柿本人麻吕还留下了许多抒发个人情感的和歌。

当时，贵族中间流行汉诗创作，日本人用艰深的古汉语写诗，难度很大，无法充分直抒胸臆。到了人麻吕的时代，从统治阶级到民间都兴起了用日语创作和歌的风潮。一个民族的觉醒与成熟，必然带来民族文化的高涨，这正是《万叶集》诞生的历史文化背景。

在《万叶集》4500首作品中，柿本人麻吕的作品有长歌18首、短歌60余首。另外，《万叶集》中的“柿本人麻吕歌集”，还收入了长歌、旋头歌、短歌共360多首。这些和歌是否都是人麻吕所作呢？这一点从江户时代起就有争议，但学术界公认，其中的确有不少是人麻吕的作品，更多的则是他收集整理的民谣。

柿本人麻吕的身份、官职皆不详，据说，他担任过皇子身边的舍人（皇族的近侍）、宫中下级官吏，晚年出任“石见国”（今岛根县西部）的地方官，殁于任上。他一生成果辉煌，却留下了无数谜团。

这里所选的诀别歌是附于长歌之后的反歌（对前面长歌的反复咏叹、总结与补充）。

人麻吕的妻子依罗娘子伴随丈夫在“石见国”的高角山度过了最后的流放岁月。“石见国”，远离京城两千多里，位于山阴地方的岛根县西部。山高林密，妻子无法看见丈夫，尽管丈夫依依不舍地不断向她挥舞衣袖，做最后的告别。过去对这首和歌的解释是人麻吕前往京城出差时写下的离别歌。

梅原猛（1925—2019）教授曾于1973年，出版了鸿篇巨著《水底之歌——论柿本人麻吕》。这部上下两卷的皇皇巨著共700页，引起举世轰动，获得了第一届大佛次郎奖。但不少学者却并未采信梅原猛的学说，认为这只是一家之言罢了。

梅原猛认为，因写了悼念高市皇子之死的“长歌”而得罪了持统天皇，人麻吕被流放“石见国”之后，持统天皇派人到此将他抓走，扔进大海。这首和歌是人麻吕在临刑之前的绝唱。

事情的来龙去脉是这样的。公元697年，持统天皇执政7年后终于将皇位传给了孙子文武天皇（683—707），但年轻的文武天皇的身边还存在着一个很大的威胁，那就是持统天皇的丈夫，即天武天皇留下的长子高市皇子（654—696）。他曾在壬申之乱中辅佐父皇立下赫赫战功，并在持统朝中担任太政大臣。高市皇子是文武天皇的伯父，武功盖世，威望如雷贯耳，他自然成了持统天皇想传位于孙儿的巨大障碍。

有一天，高市皇子突然死去了，有人猜测是死于谋杀。柿本人麻吕对他的死十分悲痛，写下了《万叶集》中最长的长歌来哀悼他，即《高市皇子灵柩暂厝于城上（“城上”为大和国地名）殡宫时，柿本人麻吕作长歌一首并短歌二首》（卷2–199–202）。歌中追述了高市皇子的不朽战功及出色的政绩，他那神一般的功绩，万代不灭，永世供人瞻仰。

高市皇子死后的第二年，15岁的文武天皇即位。

大津皇子と石川郎女

密会の歌

あしひきの①　山の雫に　妹待つと②
われ立ちぬれぬ③　山の雫に

——大津皇子『万葉集』巻2-107

吾を待つと④　君が濡れけむ⑤　あしひきの
山の雫に　成らましものを⑥

——石川郎女『万葉集』巻2-108

---

① あしひきの：枕词。常常放在"山""峰"之类的词语前面。
② 妹待つと：同现代日语"妹を待つと思う"。这里的"妹"指恋人。
③ 立ちぬれぬ：下二段复合自动词"立ち濡る"的连用形"立ちぬれ"＋过去完了助动词"ぬ"（终止形）。
④ 吾を待つと：同现代日语"私を待っていたという"。
⑤ けむ：过去推量助动词，同"……ただろう"。这里是连体形。
⑥ 成らましものを：句型，表示假设出一种非现实的结果。断定助动词"なり"的未然形"なら"＋非现实假设助动词"まし"（连体形）。"ものを"，终助词，表示咏叹。

现代日语译文

山の雫に濡れて、貴女を待っていました。私は立ち続けて、山の雫に濡れてしまいました。

私を待つために、貴方が濡れたという山の雫に、私はなりたいものです。

中文译诗

幽会歌

苦候阿妹立山间，滴滴清露湿衣衫。

——大津皇子《万叶集》卷2–107

劳君候我衣湿透，愿化山林露一团。

——石川郎女《万叶集》卷2–108

释文

大津皇子（663—686），天武天皇第三皇子，文武双全，颇有威望，21岁时就参与朝政，他的存在对草壁皇太子构成了严重威胁。因此，天武天皇去世后仅20余天，大津皇子就被指控犯有谋反罪，立即赐死。据说，当时有位朝鲜新罗国的僧人行心给他看相时，说他有帝王之相，应成为天皇，怂恿他谋反，但此事却被河岛皇子告密。大津皇子成了权力斗争的牺牲品。而那位怂恿者僧人行心并未受到处罚，只不过被送到飞驒国（今岐阜县北部）的寺院去罢了。

大津皇子不但在和歌创作上颇有成就，还被誉为日本汉诗之祖。万叶时代的日本文人创作的汉诗集《怀风藻》中，收入了他的作品4首。这位多才多艺的皇子曾与贵族少女石川郎女相爱。

秋夜里，他曾在山间焦灼地等待石川郎女前来幽会，这里有他的别墅，或是为了这场幽会专门建起了一个临时住所。他一片痴心，久久地伫立在秋山夜露之中，歌中有意重复了“山の雫に”一语，更给人凄清孤独与焦灼难忍之感。“滴滴清露”，读到这里，仿佛能听见沉甸甸的露珠吧嗒吧嗒地落在满地的枯叶之上。那一夜，他白白地苦等终宵，衣衫湿透。他不知道石川郎女为何爽约，心中一直忐忑不安。

石川郎女未能前来赴约，事后十分抱歉地咏歌一首。她是一位绝顶聪慧的女子，读到大津皇子的这首充满懊恼之情与怨气的和歌后，立即心领神会，从“山の雫に”一词中展开了爱的遐想：我愿化为一团晶莹的露珠，紧紧地贴在你温暖的身躯上。这是她的真情流露，还是花言巧语地露出一副媚态？这正是石川郎女的魅力所在，她明明知道错在自己，处于十分被动的立场，但石川郎女颇有心机，说话得体，作出了这首立意和遣词用句都十分得体的和歌。她派人将这首道歉的和歌送到大津皇子身边时，也许会让他满腹幽怨烟消云散，开颜一笑吧。

石川郎女曾是草壁皇太子的恋人。因此，这场权力斗争又被抹上了三角恋爱的复杂色彩。

鳥にしあらねば

山上憶良

世間を　憂しとやさし①と　思へども②
飛び立ちかねつ③　鳥にしあらねば④

——『万葉集』巻5-893

现代日语译文

この世の中を辛く、耐えがたいと思うけれども、それでも飛び去ってどこかへ行ってしまうこともできない。私は鳥ではないから……

---

① 憂しとやさし：同现代日语“辛いと耐えがたい”。“やさし”，意思是“肩身が狭い、恥ずかしい”。
② 思へども：同现代日语“思うけれども”。
③ かねつ：しようとしてもできない。心有余而力不足。“かぬ”，补助动词，连用形“かね”+助动词“つ”，表示确定、确认。
④ にしあらねば：“に”，断定助动词“なり”的连用形。“し”，副助词，表示强调。“あらね”，“あら”，补助动词“あり”的未然形+打消助动词“ず”的已然形“ね”。“ば”接续助词，表示顺接条件，原因。

中文译诗

吾身非鸟

人世茫茫，忧愧烦恼。

无计高飞，吾身非鸟。

——《万叶集》卷5-893

释文

山上忆良（やまのうえのおくら，660—733？），万叶时代著名歌人，原是朝鲜半岛百济人。公元663年，朝鲜半岛爆发战乱，百济与日本的军队被唐王朝和新罗联军打败，大批百济名门望族逃亡日本。幼年的忆良也随父母来到了日本。他以一个流亡者的身份，自幼饱尝了人生悲苦与贫困。

山上忆良曾作为遣唐使的一员，到他憧憬的文明中心长安留学两年。他高深的汉学修养更加炉火纯青。特别是中国的“文章乃经国盛事”的文艺观对他产生了很大的影响，使之成为一个具有社会责任感、关心民间疾苦的现实主义诗人，并在万叶时代独放异彩。

山上忆良还编撰过一部和歌集《类聚歌林》（今已失传），是用来为皇太子（后来的圣武天皇）讲授古今和歌的创作背景与技巧的教材。其编撰方法模仿中国唐代武德七年（624）由欧阳询、令狐德等

H.yoshida

人依照儒家正统学说编撰而成的《艺文类聚》。其中，收录了唐代以前的许多诗文歌赋，以及天文、地理、政治、道德、四季、气象等内容。《艺文类聚》全书共一百卷，是唐代的四大类书之一。

文武天皇大宝元年（701），41岁的忆良还是一介布衣，无官无职，却因精于汉学而被任命为第8次遣唐大使粟田真人身边的少录（随员兼书记官）。这批遣唐使共160人，于公元702年6月29日，分乘5艘木船从九州出发，在我国楚州盐城（今江苏盐城）登陆。当时的中国处于武则天女皇统治的晚期。山上忆良于704年7月回到日本。

忆良在青壮年时代如饥似渴地学习，常以替人抄写佛经糊口。他的长歌《贫穷问答之歌》（卷5-892）中，就有凄风苦雨之中，父母妻子啼饥号寒的生动描写：

…………

全家围坐空叹息，炉灶无烟早冰凉。

如何炊饭早忘却，甑子结满蜘蛛网。

哀哀鵺怪[①]空中啼，闻之魂魄散四方。

里长[②]持鞭门前吼，短材截端[③]无天良。

怒吼声声传屋内，胆战心惊实恐慌。

人世道理何处有，哀哀无告心悲凉。

本书选的是这篇长歌后面的“反歌”，抒发作者对社会的强烈批判与悲愤忧郁的心情。

---

① 鵺怪：猿首狸身、虎足蛇尾的怪鸟，“鵺”，出自《山海经》，日语称为“鵺、鵼（ぬえ）”，其啼声悲寂凄凉，令人恐怖。

② 里长：《户令》记载，“凡户以五十户为里，每里置长一人”。

③ 短材截端：日本古谚。谓弱者反而易受欺侮，损不足以奉有余。

秋夜の密会

詠み人知らず

奥山の　真木の板戸を　音速み
妹があたりの　霜の上に寝ぬ

——『万葉集』巻11-2616

现代日语译文

奥山の妹の真木の板戸を叩くと、音が強く響いていたので、妹の両親は驚いて夢から覚めただろう。私は慌てて妹の家のあたりの草むらに隠れて、霜の上に寝た。

中文译诗

秋夜幽会歌

深山阿妹木板房，
我敲木门震天响。
妹家草丛卧秋霜。

——《万叶集》卷11-2616

释文

一对男女青年可能是在“歌垣”大会上相识、相恋，两人决定开始幽会。男子深夜来到深山姑娘家，由于心急火燎，敲门过猛，响声在幽静的夜晚传遍远近，已惊动阿妹的家人。女方的家人，不光是父母，可能还有兄弟，马上就要出来驱赶这位不速之客。男子只好躲进附近的草丛，躺在冷冰冰的秋霜之上。他不愿放弃，希望还有见面的机会。如果天公不作美，那么天明之前再悄悄离开吧。

詠み人知らず

問答歌二首

（1）

眉根(まよね)掻(か)き　鼻(はな)ひ紐(ひも)解(と)け　待(ま)てりやも
いつかも見(み)むと　恋(こ)ひ来(こ)し我(われ)を

——『万葉集(まんようしゅう)』巻(まき)11-2808

（2）

今日(けふ)なれば　鼻(はな)の鼻(はな)ひし　眉(まよ)かゆみ
思(おも)ひしことは　君(きみ)にしありけり

——『万葉集(まんようしゅう)』巻(まき)11-2809

现代日语译文

眉を掻き、くしゃみをし、紐を解けて待ってくれていたのかい。早く逢いたいと、恋しく思い続けて来た私を。

今日だからこそ、くしゃみが出来て、眉がかゆいと、思ったのは、あなたのことだったと分かった。

中文译诗

问答歌两首

（1）

想你想得眉毛痒，
想你想得打喷嚏，
盼君早相逢，
解带又宽衣。

——《万叶集》卷11-2808

（2）

今日想你眉毛痒，

奴家想你打喷嚏，

想你受煎熬，

一切都怨你。

——《万叶集》卷11–2809

释文

《万叶集》中的“问答歌”，即男女表达爱意的“对唱歌”。“问答歌”一词来自《文选》中的“赠答”“对问”。万叶时代的民俗信仰认为，衣带自然松开，眉毛发痒，打喷嚏，流鼻涕，都是情人正在想念你，即刻便可相会的征兆。

作者唱到，自己的衣带没有自然松开，却主动解开纽带。自己与恋人的眉毛都在不停地发痒，鼻涕流淌止不住。这份相思之苦真是难耐。当时的人相信，眉毛痒也是恋人相会的预兆，如果眉毛不痒，自己特意去挠眉毛，这个动作就是促成情人幽会的咒术。打喷嚏、流鼻涕也有同样的含义，希望恋人即刻能够相逢。今天，这种信仰虽然已经不存在了，看见有人打喷嚏，但人们还是会开玩笑说：“是不是有人在想你，还是有人在议论你？”

我妹泣き

詠み人知らず

葦垣(あしかき)の　隈処(くまと)に立(た)ちて　我妹子(わぎもこ)が
袖(そで)もしほほに　泣(な)きしそ思(おも)はゆ

——『万葉集(まんようしゅう)』巻(まき)20-4357

现代日语译文

葦垣の物陰に立って、愛しい妻が袖もしっぽりと泣いていたのが思い出される。

中文译诗

吾妻哭泣

吾妻藏身苇垣后，泪水涟涟湿衣衫。

——《万叶集》卷20−4357

释文

这首诗出自《万叶集》中的“防人歌”（さきもりのうた）。“防人”，即守卫边疆的士兵。

诗歌中吟唱的这位可爱的妻子可能年龄尚小，胆怯地躲在自己院落的芦苇墙后面，偷偷哭泣。她不敢来到路边与其他防人家属一样，大胆地与即将出发的丈夫话别、拥抱。那时，农村的结婚年龄为男子15岁，女子13岁。

公元753—759年，大伴家持为收集整理“防人歌”前后花费了6年时间。他正值36—42岁的壮年时期。公元754年，大伴家持被任命为兵部少辅（从五品，相当于现在的国防部副部长），第二年奉命前往“难波湾”（今大阪湾），检阅来自东国（一般认为，东国是指古代中央近畿地区以东的地方）的防人。

防人的带队军官事前就接到大伴家持的命令，负责收集防人与亲人离别及长途跋涉中唱出来的和歌。防人们自带干粮，穿着平时劳作时的衣服，徒步走完600—800公里的路程，到达大阪湾登船时才能换上军装。

后来，带队军官献上“防人歌”共176首，经大伴家持挑选润色之后，其中的84首被编入《万叶集》。加上卷20之前的“防人歌”9首，《万叶集》中的“防人歌”一共90余首。

公元663年，日本在朝鲜半岛吃了败仗后，一直害怕来自半岛的入侵，决定组建海防部队。其实从此以后九州不曾有过外敌入侵的战事。

天智天皇三年（664），日本颁发《军防令》，建立海防部队三千人驻九州，面对朝鲜半岛的海岸线上。防人服役三年，每年有一千人左右换防回家。防人主要从天皇的直辖领地东国征兵。21岁到60岁的东国农民都在被征兵的范围内。来到难波湾，他们被分成10人“一火”（相当于“班”），登船前往九州大宰府。到了九州，他们要一面操练，一面耕作，就地解决自己的军粮。

鶯の涙

二条の后

雪のうちに　春は来にけり[①]　鶯の

こほれる[②]涙　いまや解くらむ[③]

——『古今和歌集』巻1-004

现代日语译文

まだ雪の降る冬景色のうちに春が来たのだなあ。凍っていて泣くにも泣けなかった鶯の涙が今は溶けていることだろう。

---

① 来にけり：同现代日语“来たなあ”。力变动词“来”（く）的连用形“き”＋完了助动词“ぬ”的连用形“に”＋过去助动词“けり”，表示回想与咏叹的语气。
② こほれる：四段动词“凍る”（こほる）的已然形“こほれ”＋表示状态的助动词“り”的连体形“る”，同现代日语“凍っている”，修饰后面的体言“涙”。
③ らむ：推量助动词，同“だろう”。

中文译诗

莺之泪

白雪皑皑春已到，莺泪冰凌此刻消。

——《古今和歌集》卷1-004

释文

严冬时节，黄莺苦盼春来，泪水结成冰凌。今天虽然依旧是白雪茫茫，却已是立春之日，那莺之泪结成的冰凌也该化为春水了吧。这是一首玲珑剔透的虚构作品，境界十分狭小，皇后的视线投向了比露珠还小的莺之泪，由此可见《古今和歌集》的艺术特色之一斑。二条皇后为藤原长良之女，清和天皇之皇后，名高子。《伊势物语》中的“芥川”段落中，企图与花花公子在原业平私奔的少女，指的就是进宫前的高子。

花の色はうつりにけり

小野小町

花の色は　うつりに①けりな②　いたづらに③

わが身世にふる④　ながめ⑤せし⑥まに

——『古今和歌集』巻2-113

现代日语译文

桜の花の美しい色はすっかり褪せ衰えてしまったなあ。ぼんやりとしてこの世を過ぎて、降り続く雨を眺めながら、いろいろと物思いをしているうちに。

---

① うつりに：四段动词“移る”的连用形“うつり”＋ 完了助动词“ぬ”的连用形“に”。
② けりな：过去助动词“けり”＋终助词“な”，表示咏叹。
③ いたづらに：同“虚しく/空しく”。
④ ふる：掛词技巧，有“降る”与“经る”双重含义。
⑤ ながめ：掛词，有“長い雨”与“眺め”双重含义。“ながめ”＋“す”，构成了サ变动词。
⑥ せし：サ变动词“す”的未然形“せ”＋过去回想助动词“き”的连体形“し”，修饰后面的体言“ま”（間）。

中文译诗

樱花飘落

忧思逢苦雨，人世叹徒然。

春色无暇赏，奈何花已残。

——《古今和歌集》卷2-113

释文

小野小町（おののこまち），生卒年不详，大约生活于9世纪中叶，平安初期具有代表性的女歌人。她和在原业平都名列“六歌仙”，是历代日本人心目中俊男美女的典型。

9世纪中叶，小野小町曾在仁明天皇与文德天皇两朝天皇宫中担任女官。她的一生富于传奇。据说，晚年不幸，落魄而死。

烂漫的樱花，顷刻凋谢，红消香断，怎不令人悲叹自己红颜易老，青春难驻呢？歌中使用了和歌中的“掛词”技巧（类似于我国诗歌中的谐音）。歌中既说自己茫然虚度岁月，叹息春雨潇潇，苦雨绵绵，又叹自己凝目眺望，空对落花。这种“掛词”技巧的运用，正是《古今和歌集》的一大特色。

据说，诗人小町死后，在原业平曾投宿于陆奥八十岛，夜半耳闻荒野上有咏歌声，其声音酷似小町。寻声而至，却只见草丛中一个髑髅，眼穴中已长出一株芒草来，在月光下摇曳……

也有史料记载，说她殁于丹后半岛（今京都府大宫町）。今天，那里的曹洞宗妙性寺中有她的塑像，寺院附近留有“小町冢”。当地曾流传这样一个故事，古代“五十日村”的村民在旅途中遇见一位气质不凡的老年妇女，她自称是小野小町。当她听说村里火灾不断时，建议将村名改为“五十河村”，以河水镇住火灾。村庄改名之后，火灾果然明显减少。（日语中，日与火同音，都读“ひ”）。还有传说，小野小町是一位专门为人治病，保佑平安分娩，擅长诵读佛经的老年妇女。妙性寺中的小町塑像，不是身着华丽的宫廷服装的女官，而是一位慈祥可亲的老尼。关于小野小町的传说，至今广为流传，据统计，全日本共有260余处流传着关于她的故事。

在京都、大阪、和歌山县等地保存下来的小野小町像都不是“美女”而是老妇人。这也正是日本民族“樱花易落，美人迟暮”的无常观的表现吧。

さつき待つ花橘の香

読み人知らず

さつき待つ　花橘の　香をかげば[①]
昔の人の　袖の香ぞ[②]する[③]

——『古今和歌集』巻3-139

现代日语译文

五月が訪れるのを待って咲く花橘の香りをかぐと、かつて親しんだ、あの人の袖から漂ってきた香りが思い出されることよ。

---

① かげば：四段他动词“嗅ぐ”的已然形“かげ”+接续助词“ば”，表示既定条件，同现代日语“嗅ぐと”。
② ぞ：系助词，表示强调。
③ する：サ变动词“す”的连体形“する”，与前面的系助词“ぞ”相呼应。

中文译诗

五月橘花

五月橘花牵愁肠，难忘故人衣袖香。

——《古今和歌集》卷3-139

释文

日本原产的古代野生柑橘，观赏植物，农历五月开白色小花，香气馥郁。野生柑橘，果实味酸，不能食用。直到明治时代，日本才从我国引进温州蜜橘，主要在濑户内海、九州、静冈县、神奈川县进行种植。

这首歌中的“故人”指初恋情人。又到了初夏橘花飘香的季节，阵阵芳香为梅雨季节增添了几分惆怅，让人回忆起早已消逝的恋情。昔日，她那飘飘的衣袖间充满着醉人的清香。也有人认为，衣袖间的橘花芳香是用熏香熏上去的。这种风气在当时的贵族中十分流行。这首由嗅觉感受写成的和歌是纯日本式的，充分体现出日本民族用感官把握世界的特点。日本诗歌、日本文学都是感性的。与之相比，中国诗歌往往富于哲理。

歌中描写了姑娘缥缈衣袖中的野橘花的芳香，给人无限遐想的空间，会使人不由得联想起宋词中李清照的“有暗香盈袖”的诗句。大自然中的恋情、浓郁的野橘花芳香……这一切都永远地消失了。现代人在钢筋水泥构筑的都市森林中生活、拼搏。现代女性身上弥漫的香气早已不是大自然中的香气，而大都是化工合成的人工香水的气味。读完这首和歌，令人怅然若失，感叹良久……

《古今和歌集》收入了许多无名氏的作品，约占全歌集作品的四成。

月見の歌

阿倍仲麻呂

天の原　ふりさけ①見れば②　春日③なる④
三笠の山に　出でし⑤月かも⑥

——『古今和歌集』巻9-406

现代日语译文

大空を仰ぎ見ると、この異国の空に月が美しく照り輝いている。

あの月は故国の春日にある三笠の山に出ている月なのだなあ。

---

① ふりさけ：下二段他动词“振り放く”的连用形，与后面的“見る”构成复合动词。同现代日语“振り仰ぐ”。
② 見れば：上一段他动词“見る”的已然形“見れ”+接续助词“ば”，表示既定条件。同现代日语“見ると”。
③ 春日：地名，位于奈良市东面。
④ なる：断定助动词“なり”的连体形。“春日なる”，同现代日语“春日にある”。
⑤ 出でし：下二段自动词“出づ”的连用形“出で”+“し”（過去回想助動詞「き」の連体形）。
⑥ かも：终助词，表示咏叹语气。

中文译诗

望月歌

长空极目处，万里一婵娟。

故国春日野，月出三笠山。

——《古今和歌集》卷9-406

释文

阿倍仲麻吕（あべのなかまろ，698？—770），奈良时代的学者。公元717年3月9日，18岁时，他作为第9次遣唐使中的留学生来到中国，中文名字晁衡。曾在唐玄宗时代担任官职，实际上成了中日两国交流的常驻使节。与李白（701—762）、王维（701—761）等中国诗人年龄相近，有亲密交往。公元753年，曾乘船回国，结果遇风暴，漂流至越南。他只好又回到长安，后来客死唐土。

这首和歌是仲麻吕于天平胜宝五年（753），打算随第12次遣唐使藤原清河回国（遣唐使来华的批次，在日本有不同的统计方法。有的只计算成行的遣唐使，有的将只有任命，却以各种原因未能成行的也计算在内。本书采用的计算方法为后者。出自藤田友治『遣唐使・井真成の墓誌』ミネルヴァ書房，2006年　p.189—191遣唐使の一覧年表）。仲麻吕出发前在明州（今浙江宁波）的送别宴会上，见月有感而作：遥望长空，明月在天，那是昔日从奈良春日野的三笠山头升起的明月啊。他仿佛觉得，少年时代见过的三笠山上冉冉升起的皓月，已经飞过茫茫东海，前来迎接他这位日夜思归的游子了。王维、包佶等唐朝诗人也出席了这次宴会。日本是仲麻吕只生活过18年的故乡，多少年来，却常令他梦绕魂牵。辽阔的东海之上，弥漫着月光一样的无边无际的乡愁。这首诗景观宏大，感情深沉。千百年来，人们争相传诵。后人认为，仲麻吕的望乡之歌是一首与日月争辉的伟大作品，它表达了失去归国机会的留学生深厚的故国之思。

因当时误传仲麻吕归国途中不幸“遇难”，李白闻此噩耗，十分悲痛，写下了《哭晁卿衡》：

日本晁卿辞帝都，征帆一片绕蓬壶。
明月不归沉碧海，白云愁色满苍梧。

李白将他比喻成死于湖南苍梧山麓的太古圣君舜。从李白诗中的“明月不归”一句可以推测仲麻吕的望月歌在李白等中国诗人中已经广为流传。

另外，遣唐使出发之前都要到三笠山麓举行祭祀仪式。三笠山也成了遣唐使和留学生心目中神圣的故国象征。

花のもとにて春死なん

西行法師

願はく①は　花のもとにて②　春死なん③

そのきさらぎ④の　望月の頃

——『山家集』巻1　春の歌　上 088

现代日语译文

私の願うことは、桜の花のもとで、春の季節に死にたいということだ。その二月の満月のころ。

---

① 願はく：名词，读作“ねがわく”，同现代日语“願うこと”。
② にて：文语格助词，同现代日语“で”。
③ 死なん：“死な”，ナ变自动词的未然形“死な”＋意志助动词“ん（む）”。同现代日语“死のうと思う”。
④ きさらぎ：如月，阴历二月，阳历三月。

中文译诗

魂归花下

此生愿死樱花下，仲春之夜月圆时。

——《山家集》卷1　春歌　上 088

释文

《新古今和歌集》收入“樱花诗人”西行法师的作品94首，其数量占《新古今和歌集》中的第一位。他还有自己的私家集《山家集》三卷，收入和歌约1600首。

西行法师（さいぎょうほうし，1118—1190），俗名佐藤义清，出身高贵世家。原为鸟羽院宫廷卫队高级武士。23岁时出家，号西行，意为向往死后能到达西方净土的行者。他游遍全国，追求和歌世界之美，认为作歌好比塑造佛像，必须一丝不苟，一片至诚，通过作歌还可修炼佛心。

西行是多么痴情地恋着樱花啊。“望月”，望日（十五夜）之月。他希望自己能死在樱花盛开的月圆之夜。奇妙的是，西行73岁那年，他死于“河内国”（今大阪府东南部），时间是阴历二月十六日（阳历3月30日），恰好是他所希望的花好月圆之时。他的人生就像一件庄严的艺术品，画上了完美的终止符。

西行的和歌充满了厌世与恋世的矛盾心情，散发着一种寄情于大自然的孤独幽寂之美。

西行出家的动机是什么？此乃千古之谜。有人说是因为失恋而看破红尘，也有人说是因为朋友佐藤宪康的猝死给了他巨大打击，令西行深感人生无常而出家。还有一种说法是，西行处于平安时代向镰仓时代转换的动乱历史阶段，一切都变幻无常。特别是皇室内部的鸟羽院与崇德院处于剑拔弩张的对立之中。他跟随鸟羽院却又在内心同情崇德院，便产生了厌世之感。笔者认为第三条理由比较令人信服。西行出家后又动员妻子为尼，女儿长到16岁时，也在他的劝说下出家，到高野山与母亲相聚。后来，西行之子也出家了，法名隆圣，真可谓是举家皈依佛门。鸟羽院与崇德院的对立终于酿成了保元之乱（1156），崇德院兵败，被流放到赞岐国（今香川县）。其后，又爆发了平治之乱，以及源氏与平氏争夺天下的战乱。西行的一生充满了动乱与杀戮，他为了全家免遭战祸，毅然抛弃尘世的荣华富贵，过着简朴清苦的生活，而得以进入自己憧憬的艺术世界。

西行生于旅途，死于旅途。这种人生态度影响到后来江户时代的俳圣芭蕉、近代流浪俳人种田山头火等。

もの思へば

和泉式部

男に忘られて侍ける頃、貴布禰（貴船社）に参りて、御手洗川に蛍の飛び侍けるを見てよめる。

もの思(おも)へば　沢(さわ)のほたるも　わが身(み)より
あくがれ出(い)づる　たまかとぞ見(み)る

——『後拾遺和歌集(ごしゅういわかしゅう)』雑六(ざつろくまき)巻20-1162

现代日语译文

思い悩んでいると、沢辺(さわべ)を飛び交う蛍の火も、私の身から抜け出た魂(たましい)ではないかと見るよ。

中文译诗

相思成灾

（序）遭男子忘却之时，前来参拜贵船神社，见御洗手川上萤火虫交飞而咏歌。

流萤池边舞，愁绪绕胸襟。
逸散飞身外，依稀点点魂。

——《后拾遗和歌集》杂六卷20-1162

释文

这首诗是和泉式部（いずみしきぶ，987—1048）的代表作之一。作者伫立池边，看到流萤飞舞，联想到自己因情感挫折而遭受的打击和痛苦，似乎她再也无法面对现实中巨大的虚空感，再也不想苟活于无聊的人间。于是，因过分专注于情感而受难的诗人渴望形神脱离，渴望灵魂的归宿，而那萤火虫就是她徘徊不定灵魂的寄身与去处。

大冈信在《日本的诗歌：其骨骼和肌肤》解读此诗时，曾提到一则轶闻：和泉式部有一次被一个男子抛弃，为了治疗心中伤痛，也为了祈祷男子能回心转意，独自一人隐居在京都北边深山中的贵船神社里向神祈祷，而作了这首和歌。

玉の緒よ絶えなば絶えね

式子内親王

玉の緒①よ　絶えなば絶えね②　長らへば③
忍ぶる④ことの　弱りもぞする⑤

——『小倉百人一首』089

现代日语译文

私の命よ、絶えてしまうなら、いっそのこと絶えてしまっておくれ。このまま生き長らえていると、恋心が募って耐え忍ぶ心も弱ってしまう。その結果、人に知られてしまうといけないから。

---

① 玉の緒：玉珠串上的长线，“玉”与“魂”同音（たま），因此，“玉の緒”指生命。它还是后面“絶え”“長らへ”“弱り”的“缘语”（和歌中在词义上有内在关联的词语）。
② 絶えなば絶えね：“絶えなば”，下二段自动词“絶ゆ”的连用形“絶え”＋完了助动词“ぬ”的未然形“な”＋接续助词“ば”，表示假定条件。后面的“絶えね”，“ね”是完了助动词“ぬ”的命令形。
③ 忍ぶる：上二段自动词“忍ぶ”的连体形。
④ 弱り：四段自动词“弱る”的连用形。
⑤ ぞする：“ぞ”，系助词，与后面的サ变动词“す”的连体形“する”相呼应。

中文译诗

自甘绝此生

郁郁相思苦，自甘绝此生。

苟延人世上，无计掩痴情。

——《小仓百人一首》089

释文

式子内亲王（しきしないしんのう，1149—1201），“内亲王”即“公主”，后白河天皇的第三皇女，从小跟藤原俊成学习和歌，同俊成的儿子藤原定家有过一段青梅竹马的经历。但皇女的身份使她不能自由地吐露真情，只能对心上人保持一种纯情的思慕。她再也无法保持内心的平衡了，希望能一死了之，否则怎能掩饰住自己的一腔痴情呢？式子公主曾任加茂神社的斋院，和伊势神宫的斋宫一样，都是严禁恋爱的。此歌也表现了她在青春期的压抑心情。

这首歌象征着式子公主不幸而哀切的一生。《新古今和歌集》中收入了她的作品49首，是女歌人中最多的。

式子公主与定家的恋情被写成了谣曲《定家》。有人推测她比定家大十来岁，只能是一段姐弟恋。这一切也许只是捕风捉影，毫无根据。但式子公主病重时，定家十分不安。式子去世后，定家受到巨大打击，作品明显减少，并最终出家。总之，那一段姐弟情令人终生难忘。她虽然身份高贵，但战乱之中亲人们一个个惨遭横死，她那纤细多感的心灵怎能承受如此巨大的悲痛。

其实，这首和歌背后另有隐情。东京经济大学石丸晶子教授发现，式子公主苦恋的对象不是藤原定家，而是净土宗的开山祖师法然上人（1133—1212）。在动乱年代里，既有的佛教教义认为，女人不能前往极乐净土。式子公主的叔母八条女院请50多岁的法然上人到府邸中讲经说法，40多岁的式子内亲王也在座。她听到“男女平等，女人死后也能前往极乐世界”的说法时，心中十分感动。

京都知恩院中至今保存着《国宝法然上人画传》。其中有一封法然寄给病危的式子公主的回信。式子公主自知死期临近，希望法然能前来看望她。法然在回信中说：“无论是公主先去世，抑或是贫僧先圆寂，最终皆能前往阿弥陀之净土，定能在彼岸重逢。”

式子公主一生悲苦，1201年1月25日去世，享年53岁。而法然于11年后的1月25日去世，享年80岁。

秋の夜の雁鳴き

賀茂真淵

秋の夜の　ほがらほがら[①]と　天の原
照る月影に　雁鳴き渡る

——『賀茂翁家集』巻１－秋、『名歌名句辞典』

现代日语译文

秋の夜、空にほのぼのと照る月の光の中を、雁が鳴きながら飛んでいくことだ。

---

① ほがらほがら：对该词的理解有两种。1. 佐佐木幸纲，ほのぼのと（月光朦胧）。2. 广辞苑，晴れ晴れとしている（月光清朗）。

中文译诗

秋夜雁鸣

秋月朦胧望长天，雁过声声自云间。

——《贺茂翁家集》卷1–秋，出自《名歌名句辞典》

释文

贺茂真渊（かものまぶち，1697—1769），日本国学大家，生于远江国（今静冈县西部），后来前往江户谋求发展，指导诸多门生如本居宣长、加藤千荫等，研究古典文学、儒学及佛教传入日本之前的古代日本精神，主张恢复万叶时代雄浑朴实的歌风。担任田安宗武的国学之师家。有《万叶集考》《臆说国歌论》等著作，以及私家集《贺茂翁家集》。

本歌作于明和元年（1764），作者68岁时，他在江户日本桥滨町的新居，九月十三夜连作五首意境开阔的赏月歌。这是其中的第一首，也是用“模仿古歌”的手法创作而成的。古歌出自《万叶集》卷9–1701无名氏的作品：

さ夜中と　夜は深けぬらし　雁が音の
聞ゆる空に　月渡る見ゆ

译诗：

夜半更深闻雁鸣，抬头但见月偏西。

大井川下す筏

坂本龍馬

さても①世（よ）に　似（に）つつもあるか　大井川（おおゐがは）②
下（くだ）す③筏（いかだ）の　早（はや）き年月

——『名歌名句辞典（めいかめいくじてん）』

现代日语译文

それにしてもまあ、今（いま）の世（よ）の中（なか）の流（なが）れに似（に）ていることだ。筏師（いかだし）が筏（いかだ）を操（あやつ）って下（くだ）る大井川（おおゐがは）の流（なが）れのような、目（め）まぐるしい歳月（さいげつ）の移（うつ）り行（ゆ）きは。

---

① さても：感叹词，同现代日语“本当にまあ”。
② 大井川：发源于赤石山脉，流经静冈县中部，全长160公里，最后注入骏河湾。
③ 下す：四段他动词。驾木筏从上游到下游，乘飞流而下。

中文译诗

大井川上筏如飞

人间岁月知何似，大井川上筏如飞。

——《名歌名句辞典》

释文

坂本龙马（さかもとりょうま，1835—1867），幕末维新志士，原名直柔，土佐藩武士，19岁来到江户学习剑术。1853年6月3日，美国东印度洋舰队司令佩里准将率领四艘军舰闯入日本浦贺港，要求开港通商，震动朝野。坂本也深受刺激，开始与水户藩攘夷论者交往，加入了土佐勤王一党。他努力学习航海技术，在长崎创立了国际贸易商社，与西乡隆盛、木户孝允等人一起，策划了萨长两藩之间的联合，为“大政奉还”做出巨大贡献。1867年，在前往东京的船上，他起草了《船中八策》，提出建立以天皇为中心的议会制度，贸易立国，统一的新国家构想。后来，坂本龙马在京都的旅馆近江屋惨遭幕府鹰犬暗杀。

这是坂本龙马寄给自己姐姐坂本乙女的短歌。姐姐是孩童时代龙马的剑术老师。和歌前有序言“阅人世变迁”。龙马深感19世纪的世界潮流汹涌澎湃，时局动荡，必须变法图强，才能立于世界。日本正面临新的抉择，必须顺应世界大潮，大胆改革，才有出路，才有未来。龙马就像急流中的弄潮儿，乘木筏飞流直下，叹岁月流逝，瞬息万变。

痩蛙

小林一茶

痩蛙　負けるな[①]一茶　是にあり[②]

——麻生磯次等『俳句大観』2026

现代日语译文

痩せ蛙よ、負けてはならぬ。一茶がここで一生懸命に応援しているよ。

---

① な：终助词，表示禁止。
② あり：ラ变存在动词的终止形。

中文译诗

瘦蛙

瘦蛙莫退败，有我一茶在。

——麻生矶次等《俳句大观》2026

释文

作者童心不减当年，依然对弱小者充满了同情。你看，他正在一本正经地为格斗中的瘦蛙呐喊助威。一茶四处流寓，没有固定职业，不断与俳友交流切磋，却一直挣扎于贫困之中。那只瘦弱的青蛙，何尝不是一茶内心的自我投射？

小林一茶（こばやしいっさ，1763—1827），江户后期俳人，信浓国（今长野县）柏原人，一生命途多舛，漂泊不定。他的作品生动活泼，富于庶民性，在日本文学史上独放异彩。

他曾在另一首俳句中写道："これがまあ　つひの栖か　雪五尺。"（呜呼，吾生归宿？五尺积雪处。）一茶50岁那年回到柏原，借了一间房子住下，几十年的流浪生活总算结束了，余生将在这冰雪覆盖的山中度过。这一片故土是那样熟悉而又陌生。"これがまあ"是一声长长而沉重的叹息，是半生流离的悲哀，是对安居生活的憧憬与喜悦。"つひの栖"，最后的住所、归宿，后面再加上一个疑问词

“か”，或意欲表达出自己与继母之间的遗产纠纷还悬而未决时的不安与期待。“雪五尺”，点明了生活的环境，雪国山乡是那么幽静而美丽，却又与世隔绝。此句含蓄而余韵悠扬，包含着一茶坎坷的半生感慨。

古池

松尾芭蕉

古池や[1]　蛙 飛び込む　水の音

——『春の日』

现代日语译文

ふだん、気にもとめぬ古池から、蛙が飛び込んだその小さな水音が聞こえてきた。

中文译诗

古池

古池暮春蛙轻跃，幽情寂在水声中。

——《春日》

① や：俳句的“切れ字”，表示停顿，感情的积蓄，或加强语气，增加无穷余韵。

释文

日本俳句，是世界上最短小的定型诗歌，由十七个（五、七、五）音组成。有学者认为，俳句及其代表的文化是日本最具特色的文化之一，而日本俳句史上最重要的人物是松尾芭蕉。

松尾芭蕉（まつおばしょう，1644—1694），本名松尾宗房，出生于三重县上野市一个下级武士家庭。少年时曾为武士家中侍从，后来在西山宗因门下学习谈林俳谐。1680年，为避江户俗气，隐居深川，研读汉诗，并将居所取名芭蕉庵。在芭蕉之前，日本俳句文坛流行的是俏皮、滑稽甚至恶俗的风格，与其说创作不如说在游戏，并未真正走向艺术化的道路。那个时候，如果不俏皮，不来点搞笑的东西，就不好意思说自己写的是俳句。芭蕉虽然对此感到非常不满，可是也没有写出令自己满意的诗句。1686年，在一个难眠而静谧的深夜，他听到青蛙跳入古池发出的声响，水声打破静谧的同时又平添了一份静谧，这给芭蕉以莫名的感动，便随口吟出这首著名的俳句。

《古池》俳句在我国流传甚广，迄今为止已有数十个译本问世，包括周作人在内的诸多名家都有各自的译作刊行。译本之不同，站在译者的角度，究其原因，除了语言修养和风格的差别，译者对俳句的理解也有个性化的一面。换句话来说，译本的优劣与不同，很大程度上取决于译者解读的能力和理解的向度。基于这一点，我们大致可以将国内既有的汉语译本分为两种情况：

第一，强调呈现“动”与“静”的转化关系。

第二，侧重表达青蛙入水的声响及其带来的幽静和闲寂情趣。

已有译本大多注意到了动静之间的转换，是依靠青蛙入水的声响完成的。水声打破静止的时态，成为由静而动的“通道”同时，随着水声的渐逝，又成为由动而静的“通道”，由静而喧，以动写幽，表达了一种闲寂和幽静的美学情趣。上述译本在合理想象的基础上，多以添加审美判断词汇（如幽、静、幻）的方式，尝试引导读者感受青蛙入水的声响带来的“寂”和“幽”。

有心的读者，想必已经发现，上述两种翻译策略和风格，又可统摄于禅宗美学的立场。无论是“动”与“静”的对立变化，还是两者之间的转化依存，都体现了禅宗对“绝对的同一性”的领悟。

对此，我们自然不能否认上述解读的合理和有效性，特别是上述美学层面的解读为我们点明了诗歌的哲学基础。

换句话说，面对这句俳句，若站在“生命美学”的角度，需要我们重新关注两个细节，而这两个细节又共同指向了俳句中唯一的、具有生命意识的主角，即蛙。

第一个细节，俳句中打破“古池”这一静止时空的是“水声”而非蛙声。

第二个细节，此处的“蛙”是暮春之青蛙，而非夏季的“雨蛙”（あまがえる）、“青蛙”（あおがえる）、枝蛙（えだかわず）以及秋季的“秋蛙”（あきがえる）等。

第一个细节所包含的问题似乎不存在，因为前面提到的第二组译文恰是对“水声”的强调。不过，我们注意到，日本的俳句大多关注的是青蛙的鸣叫声，并多将青蛙的声音和燕子、蝴蝶等意象一样当作春天的象征物。《古今和歌集》的假名序中，就有“花丛春莺，水中蛙声，闻听生息万物而歌咏”的句子。而《古池》中的“蛙”却是沉默而无声的，但其跃入水中的动作及其引发的“声响”，却从另外一个方向指向了“生息万物”的活力本身，以隐藏的手法“迫使”我们去关注俳句中唯一一个具有生命主体意识的角色——那只沉默的青蛙（是青蛙还是绿蛙抑或其他此处暂不讨论）。

我们知道，青蛙经过漫长的冬眠，会在初春醒来，跃出地面，活跃在水岸间。它们会抓住紧迫的时间，完成求偶工作，并在水中交尾和产卵。而它们的鸣叫就是为了吸引异性，这是一种典型的求偶行为，且只有雄性青蛙才鸣叫。被雄蛙美妙的声音所吸引的雌蛙则会跳跃向前，仔细观察这只青蛙长得是否帅气，是否满足她内心关于“青蛙王子”的想象。两者相对一望之际，或许未等“美丽的公主”弄清楚是何状况之时，雄蛙就已跃上她的背，以“抱对”的方式跌入一摊渐暖的春水中，并以体外受精的方式，完成一段重复（被基因序列等生命密码编排好了剧本的）千万年的古典“爱情”故事。

反观芭蕉《古池》这一俳句，担当主角的并非荷尔蒙分泌旺盛、被情欲支配的初春的青蛙，而是一只在暮春时节的沉默不语的青蛙。生物学家告诉我们一个事实：时至暮春，青蛙们基本完成上帝交给的爱情使命，它们也会进入一个短暂的安静的时期。在芭蕉的笔下，我们不知道这只青蛙的雌雄，也无法对如下问题给出确定的判别：它虽是雄性却没有了鸣叫的动力，是已经完成爱情还是未能找到爱情的对象而错过了时节？还是因为先天性的缺陷（如没有鸣囊）导致它无法鸣叫而悲哀？它为何独自在池边静坐？为何又孤单地跃入暮春温暖而寂寞的水中？它是在回忆过去，还是在渴望未来？这一切我们都无从知道，但我们却可以从文字中获得联想（联想发生的一个认识论前提是，意识到青蛙也是具有生命意识的生命主体）。而且，我们知道它跃入水中是静默的，和古池融为一体，它跃入水中，惊起了时空中的瞬间的扰动，旋即又和周遭的世界融为一体，和古池的命运一并走入遥远而未知的巨大的虚空。叔本华说，人是盲目求生的意志。青蛙又何尝不是如此呢？反言之，有机的生命是有限的跃动，无机的生命是寂静的永恒，但无论有机还是无机的生命，万物并作，最终，皆归于寂静。这是蛙类命中的注定，不也是我们人类的一生吗？

且看《道德经》第十六章，云：

致虚极，守静笃。万物并作，吾以观复。夫物芸芸，各复归其根。归根曰静，静曰复命。复命曰常。

显然，《道德经》这段话所包含的生命感悟与芭蕉俳句中美学相通。这并不奇怪，“生命美学”的视角之所以对芭蕉俳句有效，是因为这一视角和芭蕉俳句之间存在着共同或相近的认识论基础，这就是道家的自然观念和生命观。唯有在“天地与我并生，万物与我为一”（《齐物论》）这样的认识论前提下，芭蕉才能感受青蛙内在的生命律动，从春夜蛙入古池的自然现象中顿悟人与天地自然的契合，写出极富哲学思考和生命关怀的诗篇。我们也唯有在这一认识论之下，才可以对芭蕉创作这句俳句的精神动机、过程做出如上推论和联想，窥探其中的旨趣。

实际上，中国文学和禅宗思想之外，道家思想也在芭蕉的精神世界占有极为重要的位置。有学者曾对芭蕉的作品进行统计分析，指出其作品中对庄子的摘引甚多，涉及《逍遥游》和《齐物论》的引用就多达21处。

在道家天人合一、万物无别的自然观（亦即文明观）的影响下，芭蕉创作了很多富有生命美学的诗篇，被称为自然生命的歌者。他还提出了“随顺造化，以四时为友”（《笈之小文》）的观点，并以诗文创作践行了朴素的自然主义生命美学理念。据此，或许可以这样说，芭蕉主要基于道家的自然观和生命观的思想通道，超越了现代功利主义的美学，直接连通着当下的生命之美学，并启发着未来美学之路径。

2

近现代篇

近現代篇

聽盡呉歌月始愁

夏目漱石

行到天涯易白頭，故園何処得帰休。

驚残楚夢雲猶暗，聽盡呉歌月始愁。

遶郭青山三面合，抱城春水一方流。

眼前風物也堪喜，欲見桃花独上樓。[①]

汉诗日文训读

行きて天涯に到りて　白頭なり易し

故園　何処か　帰休するを得ん

楚夢を驚残して　雲猶暗く

呉歌を聴尽して　月始めて愁ふ

郭を遶る青山　三面に合し

城を抱く春水　一方に流る

眼前の風物　也た喜ぶに堪えたり

桃花を見んと欲して　独り楼に上る

---

① 此处为日本汉字而非汉语。

释文

夏目漱石（なつめいそうせき，1867—1916）的汉诗，广受赞誉。但赞誉的理由却各有不同，就汉诗的味道而言，这首诗可谓尽得风流。

这首七律诗作于1916年（大正五年）8月16日，原诗没有标题，后来学者多标注为“无题”，但夏目漱石的“无题”汉诗与传统汉语诗歌中的“无题诗”并不是一回事，故，笔者将此诗命名为《听尽吴歌月始愁》。若以简体中文表述，此诗即为：

行到天涯易白头，故园何处得归休。

惊残楚梦云犹暗，听尽吴歌月始愁。

绕郭青山三面合，抱城春水一方流。

眼前风物也堪喜，欲见桃花独上楼。

首联两句包含诗人切身的人生体验和阅历。原名金之助的他，被父母在事实上遗弃，从小未曾尝到家庭的暖意。结婚之后，日常生活表层下，也暗藏种种不安与焦虑。去英国留学，却又难以融入西方社会而引发神经衰弱，不得不提前回国，接受治疗。此或“天涯”之原意。

一生行走，多有坎坷，中年成名，又脱离东京帝国大学教职，成为专栏作家，日日劳作而不息。晚年之后，又陷入疾病和生死之间，此问题关涉人的内心与灵魂，加之日本全面西化之后，追随西方列强逐步走向强权与对外殖民的道路，原有的日本传统文化和道德在西学东渐的背景下，也已被冲击得面目全非，今非昔矣！

颔联两句，写得隐晦而富有诗意，颇有李商隐之幽情。从“易白头”和“故园何处”之感慨，很自然地过渡到对如今心理状态的描写，发出人生如梦的唏嘘。

楚梦，包括吉川幸次郎先生在内都认为是楚王梦遇巫山神女之典。据《昭明文选》卷十九《赋癸·情·神女赋并序》记载：“楚襄王与宋玉游于云梦之浦，使玉赋高唐之事。其夜王寝，果梦与神女遇，其状甚丽。王异之，明日以白玉。”后人以此来表示美梦，或男女短暂之欢爱。

王勃诗云：“江南弄，巫山连楚梦，行雨行云几相送。”贺铸《侍香金童》词云：“楚梦方回，翠被寒如水。”传统诗词多以“楚梦”描绘男女之幽情与分离。

吴歌，指古代吴语方言地区广泛流行的口头文学创作，口头相传，代代相袭，活泼而热烈，尤以表现男女爱情为主。吴歌，后也泛指江南地区的民歌。文学史上也有吴体之称，其流行与杜甫关系密切。“杜公篇什既众，时出变调；凡集中拗律，皆属此体”（《杜诗详注》仇兆鳌注引）。李白、皮日休、黄庭坚等也都受到吴歌的影响而创作了许多吴体诗词。李白《子夜吴歌》诗云：“长安一片月，万户捣衣声。秋风吹不尽，总是玉关情。”

楚梦与吴歌，云暗与月愁，实乃内心难以明言之心理状态。用词文雅、意象丰富、情思幽深，且因用典之故，延展了诗歌的内在生命喻义和诗意空间，是夏目漱石少有的汉诗美文。

云月之词，楚梦之喻，实乃诗歌最为本质的东西，也蕴含着传统汉文学的特色与魅力：含蕴而浪漫，情深而意幽。有则轶事，说夏目漱石在授课时，教学生如何翻译“I love you”，众口不一，而他给出的答案则是“今夜は月が绮丽ですね”——今夜月色撩人！

颈联两句的描述对象由内转向外面的世界。“我”在上述的思考中，暗愁袭来，内心奔涌。而“我”所生活的世界——这座城市一如千年之前的平静，不曾随岁月而改变了面容。

青山依在，绿水长流。这个世界并不关心我们个体的命运枯荣、离别伤痛。

青山三面合，春水一方流，也暗喻世间万物的差异和生命状态的参差，这是一个充满差异而平等的自然世界，也是一个婆娑苦难的人为世界。但比之于人世，大自然何其简单，富有禅意和情趣。

就个体而言，如何存活短暂的世间？大概是应顺时顺命、随遇而安然，过着看花花开、闭目花眠的日子吧。

颈联很容易让人想起李白《送友人》的诗句：“青山横北郭，白水绕东城。此地一为别，孤蓬万里征。浮云游子意，落日故人情。挥手自兹去，萧萧班马鸣。”

尾联两句，由外面亘古不变世界的观照，再次转向作者隐痛孤愁的内心，引出个体如何存活的思考。“眼前的世界充满了风景和诗意，不过，若要懂得桃花这般风景的真意，还是在一个人独自的时候。”（笔者译）夏目漱石终于找到了一个生命的平衡点——热爱这个不完整的世界，在孤独中发现美和诗意。

荒城の月

土井晚翠

(一)

春高楼(はるかうろう)①の花の宴(えん)②

めぐる盃(さかづき)かげさして③

千代(ちよ)の松が枝わけ出(い)でし④

むかしの光いまいづこ

(二)

秋陣営(ぢんえい)の霜の色

鳴きゆく雁(かり)の数(かず)見せて⑤

植(う)うる剣(つるぎ)⑥に照りそひし

むかしの光いまいづこ⑦

---

① “高楼”的现代日语假名为：こうろう。

② 赏花之宴，不一定是樱花，平安之后，在和歌中如无特别说明，“花”即指樱花。但在此处，亦有可能是梅花或紫藤花。

③ “月”与“盃”为缘词，由“めぐる”（围绕着……旋转）和“かげさして”（照射、投射）联系起来，即觥杯交错状态和月亮渐次西沉均可用“めぐる”来表示。而“かげさして”（照射、投射）则指月光透过松枝照射酒杯，疏影朦胧的场景，极富画面感。需要注意的是，日语的“影（かげ）”与古汉语相同，还有“光线”的意思。“玉颜不及寒鸦色，犹带昭阳日影来”（日光）。

④ 千代：虚词，“千代の松”可意译为“苍松”。

⑤ 据西原大辅在《日本名诗选 1》中所言，土井晚翠年少曾熟读赖山阳（1780—1839）《日本外史》，该书第十一卷中，转引有上杉谦信攻克能登七尾城时所写的诗句“霜满军营秋气清，数行过雁月三更”。“数見せて”表示关注空中飞雁，此刻飞雁经过诗人和月亮之间，飞雁在月光下留下暗影，其影像变得异常清晰可辨，极富画面美感。

⑥ 对这一句的解释众多，此处应为冷冷的月色中军队临阵持刀场景的诗意写照。

⑦ “いづこ”汉字表记为“何处”。

（三）

いま荒城（くわうじょう）[1]のよは[2]の月

かわらぬ光[3]誰（た）がためぞ

垣（かき）に残るは[4]ただかつら[5]

松にうたふ[6]はただ嵐（あらし）

（四）

天上影は替はらねど[7]

栄枯（えいこ）は移る世のすがた[8]

写（うつ）さん[9]とて[10]か今もなほ[11]

ああ荒城の夜半（よは）の月[12]

---

① “荒城”的现代日语假名为：こうじょう。
② よは：一般注解为“夜半”，现代日语假名即“よわ”。
③ かわらぬ：変わらぬ。変わらぬ光，意思是月虽有圆缺，但月华永在，辉耀古今。
④ 残るは：“残る”后省略了形式体言“の”。
⑤ 此句和下一句句式相同，形成对句结构，同为七、五句调，语气也得以在重复中而强化。断句自然也以“は”为界。
⑥ うたふ：歌う（うたう）。
⑦ 替はらねど：かわらねど。
⑧ 此句和上一句形成对比，即天上的月色永恒，而人间却盛衰枯荣，世事无常。
⑨ 表示推量意志。
⑩ とて：文言格助词，此处表示动机和目的，即“と言って”“と思って”。
⑪ なほ：尚（なお）。
⑫ 此句回应并强化主题。这一组诗共有四首，在结构上，每一首诗相当于绝句中的一句，在功能上可分别对应起承转合。由此也可见汉诗素养已经深入土井晚翠的创作思维和审美之中了。

中文译诗

荒城之月

（一）

春日高楼赏花宴
觥酒疏影照杯盏
苍松枝下问明月
昨日清辉今何见

（二）

秋夜军营霜色寒
雁飞悲鸣残月天
肃肃光冷照剑丛
昨日清辉今何见

（三）

今夜荒城悬姮月
光辉依旧为谁明
残垣断壁唯草蔓
松间但闻起悲风

（四）

姮娥长辉虽盈缺

人世荣枯有代谢

明月今又照人间

呜呼荒城三更月

释文

本诗选自《中学唱歌》，乃1901年土井晚翠受邀为东京音乐学校撰写的歌词。同年，经日本近代音乐家泷廉太郎（1879—1903）谱曲，成为广为流传的日本名歌名曲，甚至被誉为日本的第二国歌。

土井晚翠（どいばんすい，1871—1952），原名林吉，宫城县仙台市人。1897年，东京帝国大学英国文学部毕业。在校期间即参加了《帝国文学》杂志的工作，作为“大学派”诗人而活跃于文坛。1899年，发表处女诗集《天地有情》，一时间洛阳纸贵。在该诗集的序言中，晚翠声称：“诗乃国民之精髓，大国民焉能没有伟大的诗篇。”这一思脉也被认为继承了《新体诗抄》中倡议现代诗歌须有思想性的方向。著名评论家高山樗牛高度评价晚翠的这部诗集：“其诗为其哲学、思想、宗教，非游戏之歌乃祈祷之响也，非即兴之感触乃永远之思索也。”后来，他又相继发表《晓钟》《东海游子吟》《曙光》《对亚洲呼喊》《神风》等诗集。1932年其长女、长子相继过世，晚翠深受刺激，难有诗意的开拓。晚年，从事高校教职，译著有长诗

《伊利亚特》《奥德赛》等。

晚翠有英雄主义情结，诗歌创作中广泛运用汉文体。毕竟，汉文脉的运用会使得诗歌格调高迈、气势壮阔，也适宜叙事和情节铺陈。但我们也应该看到晚翠的诗歌也兼具和、汉、洋三种文化的因子，是传统和现代文学、东方和西方诗歌艺术的融合体。

《荒城之月》在国内也多有传播，影响颇广，其译本不下十种。其中，最具代表性的是罗兴典先生和日本学者茂吕美耶的译本。就他们的译本而言，各有千秋。如茂吕美耶的译本从形式上更接近日文的“七五调式”，便于配合原有的曲谱歌词，但部分诗句理解上有误，且与原诗相比艺术想象和添加的成分过多。总体上，该译本将原“诗”朝着“歌”和“词”的方向进行了有效的努力。我个人更倾向于罗先生的译本，只是罗先生译文的个别之处尚有商榷的余地。如第一首诗的第一句翻译为“危楼”似乎脱离原意，稍显突兀。如该诗第二句，“月影斜”，则未能传达出月光透过松枝，疏影落于酒杯的诗意。“昔日清辉照谁家？”则似乎与作者的用意有所乖离。作者的意思应该是指追怀古代英豪之意，昔日的月光，乃是比喻江户各个藩国、地方大名的武士们，因此，这一句应理解为昔者往矣，不可追回，唯有追忆之感慨。故而，笔者尝试将“むかしの光いまいづこ”之句翻译为“昨日清辉今何见”。

土井晚翠和岛崎藤村被誉为日本浪漫主义诗坛双璧。他们的诗风虽然相对，但二者相似之处也很多。其中之一就是，两者诗文中内含多元化的文学和文化要素，既有西方近代文学的影响，也有和文学的调式和情愫以及汉文学的因素，只不过两者呈现出来的方式和状态不同罢了。土井晚翠毕业于东京帝国大学英文专业，自学德、法、意等国语言，熟悉汉文学以及歌德、雪莱等西方文学作品，晚年专心于西方诗歌的翻译。而以和文抒情之柔风流行于世的岛崎藤村，晚年诗歌中的汉文学要素则为其诗歌的内涵增益不少，也是不可忽略的事实。

此外，学界一般认为，岛崎藤村的抒情风格为后来的诗人薄田泣堇、北原白秋等继承，影响绵延持续，而土井晚翠的作品仅作为校歌、寮歌（旧制高中或大学预科寄宿寮的歌）被传唱，在文学史上却并没有得到重视。这一判断也只是点明了日本诗歌史的一部分事实，若比照土井晚翠和岛崎藤村文学内部文化要素多元内共生的特色，后来的诗人逐渐失去了浓郁的汉文素养环境，随之也丢弃了对汉诗文审美传统的兴趣与感受能力，也是不容忽略的事实吧。

初恋

島崎藤村

まだあげ初めし前髪（まへがみ）の①
林檎（りんご）のもとに②見えし③とき
前にさしたる花櫛（はなぐし）④の
花ある君と思ひけり⑤

やさしく白き手をのべて⑥
林檎をわれにあたへ⑦しは
薄紅（うすくれなひ）の秋の実（み）に⑧
人こひ初（そ）めしはじめ⑨なり⑩

---

① 前髪：日本未成年的少女常见的发型，类似于将前面的发髻梳理成前刘海或扎起小辮。李白的《长干行》中有“妾发初覆额，折花门前剧”的诗句。“し”助动词“き”的连体形，表示对过去的回忆。
② 西原大辅在《日本名诗选 1》中指出“苹果树下”的意象或来源于《圣经》中的《雅歌》：“我的良人在男子中，如同苹果树在树林中，我欢欢喜喜坐在他的阴下，尝他果子的滋味，觉得甘甜。”等相关表达。西原认为島崎藤村幼时所在之地并无苹果林，该诗是文学的虚构作品。
③ 見えし：“見える”的连用形加上“し”，表示对过去的回忆。
④ さしたる：可理解为双关语即“挿す”的变形和“然したる”，翻译时双关意味丢失，可直译为：非常珍贵的、不一般的。在这里修饰“花櫛”（雕刻有花纹样式的木梳，是島崎藤村家乡的名产），意译为：非常美的。和下文形容少女的美貌形成互文性的效果。
⑤ 思ひけり：思いけり。直译为：我觉得你就像一朵花。上面有作为铺垫的诗句，可考虑两者之间的互文即递进关系，上一句是为了点明回忆中的少女之美。“けり”表示回想和咏叹。
⑥ のべて：伸ばして。
⑦ あたへ：与え（あたえ），其连用形加上后面的“し”，表示对过去的回忆。
⑧ 此句有一语双关之妙，“薄红”既指所见的苹果的红晕也指少女脸上的红晕，并隐喻初恋的甜蜜与青涩。“秋の実”在此处有同样的用意。
⑨ “初めし”和“はじめ”词义相同，表示强调“初恋”。这也为下一段诗中“我”的行为及心醉神迷的状态做了铺垫。
⑩ “なり”即“だ”。

わがこゝろなきためいきの①
その髪の毛にかゝるとき
たのしき恋の杯(さかづき)を
君が情に酌(く)みしかな

林檎畑(ばたけ)の樹(こ)の下に
おのづから②**なる细道は**
谁(た)が踏みそめしかたみぞと
问ひたまふこそこひしけれ③

---

① こゝろなき：こころない，字面的意思是“无心、无意”（意識せず），但实际上包含了“我”的情不自禁，这是性意识的朦胧，是对异性的想象与好奇。这也是“我”的初恋体验及对这一体验的诗意表达。
② おのづから：おのずから。
③ こひしけれ：“恋し”的已然形，表示恋爱已经发生。发音同“こいしけれ”。

中文译诗

初恋

记得苹果树下初次相遇
你刚刚挽起少女的发髻
头顶的花梳很美
如花儿一样的你

你伸出纤柔白皙的手
把苹果放入我怀
泛着红晕的秋果
她的滋味　是初恋的甜蜜

我情不自禁靠近你　轻声叹息
拂动你温柔的青丝
那一刻　爱之杯盏
斟满你的情意　让我心醉神迷

苹果林的树下
那弯弯的小道　是谁踏出足迹?
你羞涩地问我
那时的情景　我又怎能忘记!

释文

本诗选自岛崎藤村的第一部诗集《若菜集》，中文又译《若草集》《嫩菜集》等，是日本近代诗歌发轫期恋爱题材的代表作。浪漫主义文学对恋爱的热衷似乎是天然的选择，北村透谷在《厌世诗人与女性》中就高呼："恋爱是人生秘密的钥匙。"不过，此处要提示的是恋爱与宗教信仰（及其价值观念）的关系问题。如佐伯顺子在《爱欲日本》（『「色」と「愛」の比較文化史』，1998）中所言，日本近代文学成立的一个标志就是"色"的文学渐次退位，而基于西方"Love"的"恋爱"题材成为一种风尚和理想。这背后是对于个人主体性的重新发现，有着基督新教改革的影响。1517年，马丁·路德发表《九十五条论纲》，主张教徒自己就可以在家中阅读《圣经》，不再需要通过教会就可以直接与上帝相通。这样便在打破教会对信仰的垄断同时，也间接肯定了人的内在主体性，给文艺复兴运动奠定了宗教基础，继而开启了后来的启蒙时代及其现代性。因此，岛崎藤村较早以恋爱为题材的诗歌创作，具有文艺复兴式的文学价值。这一点可以类比以融合禅宗哲学立场的阳明心学对人内在主体性的肯定，由此推动了当时文学对男女关系、对性和欲望的重新阐发。在思想的本质上，明治时代的文学和中国明朝兴起的性情文学本质上都是一场启蒙和人的解放运动。不过，随之而来的则是被肯定的个人的欲望以及苦恼。可以说，自我主体意识发现了"我"，又经过"恋爱"这种方式强化了"我"这个主体，但，"恋爱"带来的不止这些。在恋爱双方互为主体性的"战斗"中，又随之将"我"推入一场近代理性的迷途和自由的风暴。

岛崎藤村（しまざきとうそん，1872—1943），日本现代著名诗人、小说家，国际文艺家协会日本分会创始人，第一任会长。他在诗歌史上与土井晚翠齐名。二人分别以处女诗集《若菜集》和《天地有情》进一步开拓了森鸥外策划出版的《面影》（又译为《于母影》）译诗集以及北村透谷开创的浪漫主义诗歌潮流，被誉为浪漫主义诗坛的“双璧”。《若菜集》共收录51首诗歌，原发表于《文学界》，与北村透谷的厌世和否定的浪漫主义气质相比，岛崎藤村的这组诗歌讴歌了自然和恋情，具有积极的青春浪漫主义色彩。在诗歌形式上，继承了传统的“七五调”节奏，语言文雅而清新、流畅，富有节律，诗中的精神和内容反映了青春和时代的心声，颇受社会欢迎。

与土井晚翠的雄浑阳刚的诗风相比，岛崎藤村的诗风和内容更接近女性般的温柔与细腻。与此对应，在语言风格上，藤村的诗风更加靠近和歌，使用的语言也借用了和文的雅语。

这首诗采用传统的“七五调式”，用词文雅、富有节奏感。共分为四段，由回忆开启，层层推进，渐次展示初恋的甜蜜与苦涩。虽然用语极力避免“色”的因素，给“初恋”的单纯带来的暗影，但也并未排除“恋”内在的“色”的诱惑以及难以升华为“爱”的痛苦。因此，我们认为这首诗歌的特色在于情感的“真诚”与笔法的“细腻入微”。

每句均以“七五调式”，形成同一节奏的反复，情绪累积、内容递进，渐次强化了单纯的情感，与诗歌的初恋主题相契合。翻译时无法采用形式上的一致性，易于从“七五调式”形成的效果上考虑，结合汉语的特点，借用传统诗歌中押韵的功用，我们的翻译采用了一韵到底的策略，保持诗歌节奏统一的同时，力图呈现出原诗初恋的主题

（纯粹性以及藏匿的眷恋与伤逝的情绪）。[①]

在本诗集出版之后，岛崎藤村相继出版了诗集《夏草》《扁舟》《落梅集》等。著名的诗作《千曲川旅情之歌》就收录于《落梅集》（1901年），开篇写道："小诸古城外，浮云游子哀。"从中可见李白《送友人》中"浮云游子意"的影子。可以说，岛崎诗歌的创作吸收了"和、汉、洋"多种文学的滋养，是典型的文学变异复合体，也是近代多元文化内共生的典型文本。

① 笔者将这样的翻译策略称之为以"韵"译"调"。日语中仅有五个元音，所以，押韵在日语诗歌中太容易了，日语诗歌自古也没有将押韵当作一种重要的手法来看待。但汉语诗歌的情况与之不同，对韵的追求，尤其是在汉语诗歌格律化过程中起着至关重要的作用，成为汉语古典诗歌创作中恪守的规则之一，甚至出现了专门的韵书等。此外，这一策略的采用，背后还隐藏着笔者的一种翻译观念：将诗翻译为诗，也就意味着用一种诗味唤醒另一种诗味。

落葉

ポオル・ヴェルレエヌ 著
上田敏 訳

秋の日の
ヴィオロンの
ためいきの[①]
身にしみて
ひたぶるに[②]
うら悲し[③]

鐘のおとに
胸ふたぎ[④]
色かへて[⑤]
涙ぐむ[⑥]
過ぎし[⑦]日の
おもひでや[⑧]

---

① ヴィオロンのためいきの，即秋风的声音。
② ひたぶるに：ひたすらに。一个劲儿地。
③ 也作“心悲しい”（うらがなしい），有两个意思：1.非常伤悲；2.感到可爱。
④ 胸ふたぎ：内心充满了、堵住了、塞满了。
⑤ かへて：変えて（かえて）。
⑥ 感动而充溢着泪水。
⑦ 過ぎし：過ごし（すごし）。
⑧ 与法文原诗句“Je me souviens / Des joursanciens”（我想起了旧日时光）相比，此处添加了日语的语气助词“や”，表示咏叹。おもひでや，即おもいでや。

げに①われは

うらぶれて②

こゝかしこ③

さだめなく④

とび散らふ⑤

落葉かな

---

① 此处指此刻，今日。
② 下一段动词。对应下二段动词“うらぶ・る”。有两个意思：1. 凄惨的生活；2. 内心悲伤（心がしおれて、わびしく思う。悲しみに沈む）。此处为第二种意思。
③ 即此处彼处：ここそこ。
④ 原诗中找不到对应的表达，是一种创造性的翻译方式。
⑤ 动词“散る”的未然形＋表示持续反复状态的助动词“ふ”，发音为：ちらう。

中文译诗

落叶

保尔·魏尔伦　作　上田敏　译

秋日的风
叹息缕缕
像呜咽的小提琴
琴声丝丝
疼痛　浸入我心

钟声响起
一切让人窒息
我面色苍白
旧日时光
让我悲泣

今日之我
心有悲声
如一片落叶
没有归宿　在风中
飘零

释文

日本近代诗歌史必须有译诗的一席之地。特别是《新体诗抄》（外山正一、井上哲次郎）、《面影》（森鸥外）和《海潮音》（上田敏），被誉为日本近代诗歌翻译史上的三座高峰。1882年《新体诗抄》拉开了日本新诗的序幕。1889年刊出的《面影》引入了西方浪漫主义诗歌，而1905年刊出的《海潮音》极大地推动了日本诗歌自浪漫主义向象征主义的转向。可以说，日本近代诗歌的起点是从翻译西方诗歌开始的，日本近代的译诗和诗歌创作根脉相通，处于同一个历史进程。此外，需要说明的是，在上述系统翻译西方诗歌之前，就已经出现翻译西方基督赞美诗和荷兰祝酒歌的情形。

这首译诗《落叶》，来自上田敏（うえだびん，1874—1916）划时代的译诗集《海潮音》。《海潮音》的书名，据说取自《观音经》中"妙音观世音，梵音海潮音"的句子。[①]该译诗集共收录译诗57首，重点介绍法国象征主义诗人波德莱尔、魏尔伦和马拉美等人的作品。一经出版，独放异彩，顷刻让诗坛刮目，开启了蒲原有明、北原白秋、三木露风等象征主义派的诗人之路。

上田敏是东京帝国大学英文专业的高才生，精通英、法、德、意等多种语言，甚至还懂得拉丁语和希腊语。他自学生时代就开始发表诗作，成为《文学界》同仁，早期的诗作基本属于浪漫主义的风格。后游历欧美，回国后在京都帝国大学任教。

该诗译自法国诗人保尔·魏尔伦（1844—1896）的第一本诗集《土星人诗集》（又名《忧郁诗章》，1866）。原诗虽然情绪比较单

① 国内同名杂志《海潮音》创刊于1920年，至1949年出版了352期，是我国佛教近代最重要的期刊之一。

纯（创作时作者应该只有十七八岁），但具备了诗歌的形式之美和音乐之美，视觉和听觉都被调动起来了，形式、内容、音节和情感高度融合。特别是当你聆听它的时候，如秋风低语、如落叶飘零，如泣如诉，宛若天籁。

仅就目之所见，原诗一共三节，每节六行，每节又分为两部分，诗行错落，韵式为AABCCB，极具视觉美感。在这首日文译诗的后面，上田敏有一段释文写道，法国的诗歌善于捕捉绘画的色彩、雕塑之造型、音乐之声韵以及树荫下的气韵。

如西原大辅所言，上田敏的译诗十分出色，融合了和歌、汉诗和西方诗歌之美。①和歌的传统体现在译诗采用的音节多属于“七五调”②及其变奏，古典和歌的用语也被融入译诗之中。而汉诗的影响则在于译诗题目的选择以及诗形在视觉方面的呈现等。

若是对照法文原诗，我们发现上田敏的翻译无疑是颇具创造性的。特别是最后一段，原诗中“Au vent mauvais”，直译是“恶狠狠的”意思。这相对于东方传统美学来说，无疑还是不同的。因此，上田敏就译为“さだめなく”（不稳定、不确定，引申为没有归宿、飘零无定）③。

上田敏以日文的音色和调式及审美，对接法国象征派诗歌，以诗歌的方式将诗歌还原给诗歌，虽然必然带来部分美学因素的丧失，但为了日文译诗成为一首出色的诗，创造性的翻译是必要的。这是两种语言在诗歌层面的美学对话，对一个真正的翻译者来说，面对诗歌，他翻译的是诗的情趣和意象，而非诗的具体表达和字面的意思。

---

① 西原大辅：《日本名诗选1》，东京：笠间书院2015年，第47页。
② 在本书中“七五调”泛指日本和歌基于汉文化而形成的“5・7・5・7・7”这样的基本格律和句式，可以是“5・7・5”也可以是“5・7・7”及其变奏。
③ 《古今和歌集》中有歌如下：“秋風にあへず散りぬるもみじ葉のゆくへさだめぬ.我ぞ悲しき”（読み人知らず，p286）。

智慧の相者は我を見て

蒲原有明

智慧の相者[1]は我を見て今日し語らく[2]
汝が眉目ぞこは兆悪しく日曇る[3]
心弱くも人を戀ふ[4]おもひの空[5]の
雲　疾風　襲はぬさきに遁れよと

噫遁れよと　嫋やげる[6]君がほとりを
緑牧[7]　草野の原のうねりより
なほ柔かき[8]黒髪の綰の波を
こを如何に君は聞き判きたまふ[9]らむ[10]

---

① “智慧”及“智慧相”，都是佛教用语。“智慧の相者”这里语意双关，智慧的面相者及教导、帮助他人的智者。
② 語らく：語ることは。本段落后面三行是说的内容。在 1922 年再版的《有明集》（アルス社）中，第一段前两句修改为：智慧の相者は我を見て、警めていふ、……汝が眉目は兆悪しくこそ日曇れ。原作内在紧迫感和营造的氛围消失，诗性减弱，修改后思的成分过重，且诗过于理性，缺乏想象的张力。诗人兼评论家日夏耿之介也认为原作中“ぞ”“こは”等词语看似无用，但强力而含蓄，与智慧面相者的语气相对应。
③ “日曇る”与后面的“空の雲、疾風”相对应，表示恶劣天气的征兆，预示着不祥，营造相应的氛围。“日曇り”是和歌中常用的枕词之一。
④ 站在面相者的角度（外在的理性）审视内心过于柔弱的“我”恋爱的后果。
⑤ “空”既承接“おもひ”又关联着后面的“雲”“疾風”，相当于挂词。
⑥ 嫋やげる：たおやげる。
⑦ 绿牧：緑の牧場。意思近于“草野の原”。
⑧ なほ柔かき：尚柔らかい（なおやわらかい）。
⑨ たまふ（賜ふ・給ふ）接在动词连用形后，表示尊敬之情。相当于现代日语中的「お……になる／……なさる／……てくださる」。现代日语语法中还保留有「动词连用形＋たまえ」表示上级对下级的轻微命令的用法（多为男性使用）。
⑩ らむ：意志推量，相当于だろう。

眼(め)をし閉(とづ)れば[1]打續(うちつづ)く沙(いさご)のはて[2]を
黄昏(たそがれ)に頸垂(うなだ)れてゆくもののかげ
飢(う)ゑてさまよふ[3]獸(けもの)かととがめたまはめ[4]

その影ぞ君を遁れてゆける身の
乾(かわ)ける旅(たび)に一色(ひといろ)の物憂(ものう)き姿——
よしさらば[5]　香(にほひ)[6]の渦輪(うづわ)、彩(あや)の嵐(あらし)に

---

① 眼をし閉れば，转折自然，转入另外一种内心风景的描写，即假定听从智慧的面相者之后一种想象的展开。閉じる，现代日语注音为：とじる。
② 打續く沙のはて：沙漠的尽处。
③ さまよふ：四段活用自动词，即“彷徨う”。
④ 在1922年再版的《有明集》（アルス社）中，此段修改为：眼をし閉れば黄昏の沙のはてを、頸垂れ、たどりゆく影の浮び來る、飢ゑてさまよふ獸かと、とがめたまはじな。诗趣迥然，且修改后较原作拖沓。
⑤ よしさらば：既然如此，那么……。相当于“さようなら”，但更具感情色彩。
⑥ 香：におい。

中文译诗

智慧的相面者看我面相

智慧的相面者看我面相　说：
见你眉露凶兆　此乃不祥之迹
内心柔弱者误入爱的禁地
快逃离　免受乌云　狂风袭击！

快逃离！相面者让我离开温柔的你
从比牧场、原野绿色的涟漪
还要温柔的、你发丝的香波里　逃离！
亲爱的　你可知其中的密语？

闭上眼　荒漠尽处　扬风飞沙
我是黄昏里受困的野兽
饥饿、彷徨　低头游走

我是黄昏的野兽　逃离
虚无的行旅　唯有忧愁——
哎　何不纵身芬芳的漩涡、彩色的激流！

释文

新体诗运动进入明治三十年代以来，森鸥外和上田敏等翻译西方诗歌，分别出版译诗集《面影》（又译《於母影》）、《海潮音》，引介西方浪漫主义和象征主义等文学思潮，举世瞩目，影响深远。他们的译诗不仅开拓了日本语言、传统七五调句式等在诗歌方面的表现力，也带来了诸多审美观念，有力推动了日本近代诗歌的进程。受其影响产生了诸多新时代的诗人。其中，最具代表性的是薄田泣堇和蒲原有明（かんばらありあけ，1875—1952）。蒲原有明初期以《嫩草》《独弦哀歌》等浪漫主义风格著称，在上田敏翻译波德莱尔、魏尔伦等诗歌作品的影响下，认识到近代人的精神世界幽深复杂，诗歌也需要适应这一变化而获得新形式。于是，投身象征主义诗歌的拓展。1905年，出版了象征主义风格浓郁的诗集《春鸟集》。而其后的《有明集》（1908）被誉为日本近代文言定型诗歌的最高峰，是日本象征诗歌最后的完成之作。

中村真一郎在《文学的魅力》（1953）一书中指出：

> 日本近代诗的历史中，如果说最具独创性的诗人是萩原朔太郎，创作最丰富的诗人是北原白秋，那么，蒲原有明则是最具完成性的诗人。[①]

本诗选自1908年出版的《有明诗集》（易风社），与1907年初刊

① 蒲原有明：《蒲原有明诗集》，日本东京：思潮社 1976 年，第 136 页。

于《文章世界》相比有所改动。[①]

一、有的假名标记方式改为汉字，这样就增加了视觉的紧张度。

二、“祥なくもうち曇る”改为了“兆悪しく日曇る”。作为诗人修改诗稿，是一件较为忌讳的事情。一般而言，初稿更能体现出情感与理性冲突的状态，更具鲜活的冲击力甚至有些神秘的魅力，这一点在蒲原有明身上似乎也非例外。

本诗以青春的恋爱（理性与内心的情感和欲望的冲突）为主题，呈现了爱的矛盾与焦虑。每首诗都有潜在的第一读者，即每首诗的主题和内容以及形式虽有不同，但触发诗人创作的具体动机总会与某个具体的人联系在一起（“我”要写给你，即我想向你诉说），而好的诗歌，也会让读者产生一种美好的错觉：这首诗是写给我的！（这是写给我的密语）而这首诗据说就是诗人写给与他有过数年交往的一位女性的。

诗歌的开篇颇具匠心，引入一个智慧的他者，象征着理性的立场（将自我客观化，正是理性的特质），具有戏剧化的效果。那个智慧的相面者无疑是作者理智的分身。与其相对，作者另外一个分身则以“我”的面目出现。这个“我”是渴望恋爱、充满情欲的存在，而本诗就以“智慧他者”和“情欲的我”的对话展开。开篇角色的设定就暗含了作者先在的立场，即情欲是人的本能，是人存在的本质，而理性则是位于第二位的，是对本能的压抑。休谟曾言：“理智是并且应该只是激情的奴隶。”而叔本华则说：“人本就是盲目求存的意志。”或许，站在这两位哲学家的立场上，我们更容易理解这首诗的审美及其思想。

爱情，容易打动年轻的心，激发青春的想象。在口头文学的传承

---

① 据说前后有四个版本，但在性格狂狷的诗人日夏耿之介（ひなつこうのすけ，1890—1971）看来，其修改多为败迹。

中，无论古今，以爱情为歌咏内容的诗歌也是最多的，没有之一。但阅读近代的爱情诗，我们要注意爱情诗的表层可能潜藏的灵肉冲突、自由意志乃至宗教迷途等近代性的主题。萩原朔太郎就曾指出蒲原有明是引入西方近代诗歌知性的第一人，其诗歌具有深邃的哲学思考和主题。

本诗的内容和主题也都具有近现代的特色，一方面是灵肉冲突，且诗中的恋爱包含身体的欲望，如第三段正面描写魅力女性的长发和身体的诱惑，肯定了激情之恋的肉体本能。而诗的最后，"我"最终没有听从智慧者的劝告，任凭情欲的支配，纵身跳入了爱的激流和漩涡。另一方面，从形式上看，本诗也带有鲜明的近代性要素，即有意采用了十四行（四四三三）诗的创作形式，开拓了日语诗歌的创作领域。

在看到本诗所具有的近代性因素的同时，我们自然也要提及诗歌内部的传统文化因子。首先是"五七五・七五七交互调"的使用，这是在传统和歌"五七五"句调的基础上进行的灵活使用。在《若菜集》中，岛崎藤村最早使用日本的传统调式翻译、创作新体诗歌，但交互使用"五七五・七五七"，使得日本的新体诗在具有传统句调的同时，还具备了对应西方自由音律数的特质。就此而言，蒲原有明即便不能算是首创者，但肯定是贡献最为突出的一位诗人。

此诗虽为享有明治诗坛第一诗集之名的《有明集》的开篇，也被许多评论家称誉，却也有不足之处。如有的学者指出，诗歌的最后一节内容和节奏上未能独立，而是重复第三节的话题，稍显冗长。在我看来，这也非要点，若说失败之处，或许整首诗在理性的框架下思考理性与情欲的冲突才是最大的问题所在。该诗放在《有明集》的开篇，实则用意在于表明蒲原有明的立场，即诗人以诗集的方式，向心爱的女子告白：为伊消得人憔悴，遭受世人非难，我也爱你。

君死にたまふことなかれ

——旅順口包圍軍(りょじゅんこうほうい)①の中に在る弟を歎きて

与谢野晶子

あゝをとうと②よ　君を泣く

君死にたまふ③ことなかれ④

末に生れし君なれば

親のなさけはまさりしも

親は刃(やいば)をにぎらせて

人を殺せとをしへ⑤しや⑥

人を殺して死ねよとて

二十四⑦までを⑧そだてしや

堺(さかひ)の街⑨のあきびとの

舊家(きうか)⑩をほこるあるじにて⑪

親の名を繼(つ)ぐ君なれば

---

① 日俄战争期间，第一次围攻旅顺口的是乃木希典的第三军。不过，事实上与谢野晶子的弟弟并未参加。

② をとうと：弟（おとうと）。

③ たまふ（賜ふ・給ふ）接在动词连用形后，表示尊敬。相当于现代日语中的“お……になる／……なさる／……てくださる”。这句话用现代日语朗读的话可以读作：君死にたもうことなかれ。此处也反映出当时日本男尊女卑的事实。

④ なかれ（勿れ）是形容词“無し”的命令形，表示禁止。相当于现代日语中的“してはいけない／……するな”。

⑤ をしへ：教え（おしえ）。

⑥ しや：したか（そんなはずはないでしょうか）。

⑦ 弟弟时年24岁。

⑧ を：お，表示尊敬。

⑨ 堺の街：商业街。言外之意是和武士阶层的价值观念不同。

⑩ 舊家：作者家族经营的一间老字号的商铺。

⑪ にて：文语格助词，同现代日语“で”。

君死にたまふことなかれ
旅順の城はほろぶとも
ほろびずとても　何事ぞ
君は知らじなあきびとの①
家のおきて②に無かりけり

君死にたまふことなかれ
すめらみこと③は戰ひ④に
おほみづからは出でまさね⑤
かたみに⑥人の血を流し
獸(けもの)の道⑦に死ねよとは
死ぬるを人のほまれとは⑧
大みこゝろ⑨の深ければ
もとよりいかで思(おぼ)されむ

あゝをとうとよ　戰ひに
君死にたまふことなかれ

---

① じ：打消推量或意志助动词。此处是打消推量助词，相当于“……ないだろう”。“な”表示强调，有一种诗人想象着当面跟弟弟说话的意味。あきびと，即商人。
② おきて：规则、法律。家のおきて，即家规。
③ 古语，对天皇的敬称。
④ 戦ひ：たたかい。
⑤ おほみづから：ご自分は。出でまさね，即“お出にならずに”。
⑥ かたみに：互いに，相互（厮杀）。
⑦ 獸の道：一般有两种解释，一种是具体的，死于荒野的意思；一种是抽象的非人道的死亡。
⑧ 此句是“死ぬのが人間の名誉とは”的意思。
⑨ 对天皇的敬称。

すぎにし秋①を父ぎみに
おくれた②まへる母ぎみは
なげきの中に　いたましく
わが子を召(め)され③　家を守り
安しと聞ける大御代(おほみよ)④も
母のしら髪はまさりぬる⑤

暖簾(のれん)⑥のかげに伏して泣く
あえか⑦にわかき新妻(にひづま)を
君わするるや　思へるや⑧
十月(とつき)も添(そ)はでわかれたる
少女ごころを思ひ⑨みよ
この世ひとりの君ならで
あゝまた誰(たれ)⑩をたのむべき
君死にたまふことなかれ

---

① 相当于“過ぎ去った秋”，意思是父亲在秋天故去、离开。
② 动词原形为“遅れる”，在此处为留下来、剩下的（母亲）。
③ 召され：征招、召集，此处为“戦争に召集され”（征召入伍、奔赴前线）。
④ 大御代：天皇陛下の治めるいい時代（天皇陛下治理下的美好时代）。“も”相当于“のに”（虽然，表示转折）。
⑤ 有的版本为：母の白髪は増さりゆく。
⑥ 挂在商铺门上的短门帘，上面写有字号。
⑦ 弱小可怜的，苗条、弱不禁风的。
⑧ 意思相当于“新妻のことをあなたは忘れたのですか、それとも新妻のことを思っていますか”（你已经忘了新婚的妻子了吗？还是在思念着她？）。
⑨ 思ひ：おもい。
⑩ 现代假名为：だれ。

中文译诗

弟弟　请不要死去

——哀包围旅顺口军中胞弟

弟弟　我为你哭泣
请勿死去!
你是家中最小的儿子
父母格外宠爱你
何曾教你手握利刃?
何曾教你到阵前杀人?
父母二十四载养育你
就是为了让你杀人　然后自蹈死地?

你出身商人家
继承家业是值得夸耀的事
我们靠你光大门庭
请勿死去!
即使旅顺陷落
抑或守住　和你有何关系?
你哪里会知道
这并非我们商家的规矩

请勿死去!
天皇自己不会战场杀敌
皇恩浩荡　岂能如此
让人们相互残杀
像野兽一样死去
这哪里是人的荣誉?
天皇圣明　怎会是他最初的本意

啊　弟弟　请不要在战场死去!
去年秋天父亲已离开人世
遗下母亲　终日叹息
可悲爱子又被征召
可怜的她　老无所依
即便天皇圣明
也难阻母亲白发缕缕

你年轻柔弱的新婚妻子
常在门帘后啜泣
你已忘却　还是时刻记起?
结婚十月　就已分离

多么可怜的女子

她在世上可依靠的

唯有你自己

弟弟呀　请你不要死去！

释文

国内的读者知道与谢野晶子（よさの あきこ，1878—1942），原因大概在两个方面。一是，作为一名觉醒的女性，二十岁刚出头的她和诗刊杂志《明星》的创办者、已婚的当红诗人与谢野铁干私奔，定居东京并为之生下11个孩子，成名后的她又用自己的稿费养活一家人。她本人也致力于日本近代女性解放运动，关注女性的教育和就业，创办日本第一本女性杂志《青鞜》（『青鞜』[①]）等。二是，以她的处女诗集《乱发》（『みだれ髪』）为代表的惊世骇俗的情欲描写。如选自这部诗集的三首短歌：

我的肌肤柔嫩，情热奔涌，你不感到寂寞吗？不要视而不见，只管说教的人！

昨夜青丝乱如云，早起重结岛田髻。京城天微明，轻推唤郎君。

① 日语中的“青鞜”，即蓝色的袜子，是当时女权运动的标志。

芳春易去，没有什么不朽，看我蓬勃的乳房，快把手儿放在上头。

与谢野晶子的大名鼎鼎，或许还有第三种可能的原因，即与这首所谓的反战诗歌相关。这首诗直抒胸臆、真情流露，就艺术的形式和效果而言，与其说是诗，更像是一首歌谣。而“所谓”之意，在于这首诗并非是一首真正意义的反战诗歌，并没有对战争提出真正的质疑和思考。有的学者指出，这首诗没有超出自私自利的商人的精神世界（既有对天皇谨小慎微的责难，也有对贫穷出身者的蔑视以及对近代国家理念的否定和怀疑），甚至还带有投机的味道。而与之后她饱含真诚之意写下的很多歌颂甚至鼓吹圣战的诗歌相比，这首诗的情感反倒显得有些不自然。不过，最让人感慨的是，诗人在现实苦难中的痛苦而孤独的挣扎，对于诗人而言，诗终于败给了人生，但我们却因为诗歌而记住了这个了不起的女性。

不可否认的是，这首诗在艺术上最为人乐道的正是与谢野晶子的热情和真挚。无论她情色的诗篇，还是歌颂战争的诗作，抑或是这首诗，相通之处即在于诗歌情感的真实和热烈。与谢野晶子诗歌的魅力也在这里，她的诗即是她本人激动的情绪。这是青春的涌动，也是对生命的爱。即便这种热情，多源自一种私情。至少，她做到了忠实于自己的内心，让自己回到了作为人的最初的位置。

レモン哀歌

高村光太郎

そんなにもあなたはレモンを待ってゐた
かなしく白くあかるい死の床（とこ）で
わたしの手からとった一つのレモンを
あなたのきれいな歯ががりりと噛（か）んだ
トパアズいろの香気（こうき）が立つ
その数滴（すうてき）の天のものなるレモンの汁（しる）は
ぱっとあなたの意識を正常（せいじょう）にした
あなたの青く澄んだ眼がかすかに笑ふ①
わたしの手を握るあなたの力の健康さよ
あなたの咽喉（のど）に嵐（あらし）はあるが
かういふ②命の瀬戸（せと）ぎは③に
智恵子はもとの智恵子となり
生涯の愛を一瞬にかたむけた
それからひと時
昔山巓（さんてん）でしたやうな④深呼吸を一つして

---

① 笑ふ：わらう。
② かういふ：こういう。
③ 瀬戸ぎは：瀬戸際。有两个意思，第一是指狭小的海峡或外海之域（狭い海峡外海の境）；第二是指胜败、能否成功的关键点、转折处（勝負・成否などの分かれ目）。
④ やうな：ような。

あなたの機関はそれなり止まつた
写真の前に挿した桜の花かげに
すずしく光るレモンを今日も置かう

中文译诗

柠檬哀歌

柠檬　是你的热望
在悲伤、纯洁而明亮的死亡之床
接过我手中的一颗柠檬
你用美丽的牙齿一口咬下
黄宝石般晶莹的香气　弥散
这几滴天赐之物的柠檬汁
让你的意识突然恢复正常
黑亮澄澈的双眸含着微笑
你握住了我的手　充盈着生命之力!
你咽喉藏有风暴
但在这永诀的时刻
智惠子　你又回来了
将一生所爱　倾尽于此刻时光
然后
就像那日你在山巅一样　深深呼出一口气
生命　就这样终止
今天　在你遗像前插花的暗影里
让我再放一颗清凉光润的柠檬吧

释文

这是一首描绘爱人临终之际的诀别曲，以白描的方式再现了诗人高村光太郎（たかむらこうたろう，1883—1956）对智惠子生前最后的回忆，充满了对一年前去世的爱人的哀思。诗歌以柠檬作为一个特定的意象符号，将诗人和妻子、生和死、现在和过去联系在一起，形成一种内在情感及思绪的连贯和统一。

因此，翻译这首诗，需要关注以下几个方面：

一、诗的方式。应该明确我们需要以诗的方式翻译诗。首先要以一颗诗心去尝试着靠近原诗，以诗的方式理解原诗。

而这首诗之所以称之为诗，恰恰是放弃了对所谓诗的外形（写得看似平淡的白描，缺乏诗的跳跃等）的追求和雕饰，而保留了诗的精神的纯粹性。因此，翻译成中文的时候，就不能刻意追求形式与词语的文雅和修饰性，而要返璞归真，追求精神的纯粹与统一。

或许，当你不再刻意提醒自己是在翻译一首诗的时候，你才能以诗的方式还原一首诗。这种情况，也同样适用于很多优秀的诗歌，如石川啄木、宫泽贤治等人的诗歌也有这样的特色。或许诗人越是持有创新的自觉，其诗歌才会具备不同于流行诗的形式和趣味。

二、此诗贵在情感的真切与纯粹。因此，翻译这首诗，需要把握内在气韵、情感的统一，即平淡中深切的哀思。不过，需要注意的是，此诗所显示的情感的纯粹性，并非诗人自身实际情感体验的纯粹性，而是经由诗的艺术提炼和净化以及阅读者自身的审美想象，其情感才得以升华和纯粹。因此，在翻译过程中，遭遇字面之实与诗意之真的两难之际，需要一种审美的决断。

三、节奏的变化。此诗乃是作者通过诗意的想象回到妻子的临终诀别的现场（回忆，是一种对过去的惜别与挽留），有不舍的追忆、无法相随的自责、没有挽回的痛苦，并由此完成一种自我的纾解与告慰。也就是说，诗乃是孤独者的自语，是对自我的内省与观照。而诗的最后两句，由回忆过渡到“眼前”，情绪和视野向着眼前的日常，但内心却依然在回望过去的时光。

高村光太郎的这首诗虽然比较有名，但就其完成状态，即以诗品而论，即便在他的诗集中，也非上品。一个很重要的理由是这首诗缺乏了情感控制的张力（情感的表达还是缺乏内敛的势能），即丧失了一种诗的节制。

風景

——純銀もざいく

山村暮鳥

いちめん[①]のなのはな
いちめんのなのはな
いちめんのなのはな
いちめんのなのはな
いちめんのなのはな
いちめんのなのはな
いちめんのなのはな
かすか[②]なるむぎぶえ[③]
いちめんのなのはな

いちめんのなのはな
いちめんのなのはな
いちめんのなのはな
いちめんのなのはな
いちめんのなのはな

---

① 汉字标记为“一面”。有多个意思，如物体的一个侧面，事物的一个方面，另一方面。也有全体、金黄色的意思。因此，我们需要对此发出疑问，以发问的方式进入这首诗：为何不写成汉字的标记方式，而是用假名，而且是全诗都是假名标记。

② かすか：形容动词，标记为“幽か・微か”。意为：事物的形体和音色隐微的、细小的。

③ むぎぶえ：风吹过麦田时发出的声响，也有人理解为用麦子茎做的口笛，所以有人解读为“吹着麦笛的孩子”。诗歌包含了多种可能性，直译为“麦笛”。

いちめんのなのはな
いちめんのなのはな
ひばり①のおしゃべり
いちめんのなのはな

いちめんのなのはな
いちめんのなのはな
いちめんのなのはな
いちめんのなのはな
いちめんのなのはな
いちめんのなのはな
いちめんのなのはな
やめる②はひるのつき
いちめんのなのはな

---

① ひばり：云雀。一般在晴天飞鸣，所以名字来自“日晴る”。
② やめる：病める。给人一种病恹恹的、清瘦的、苍白的等意象。

中文译诗

风景

——纯银马赛克

满眼金黄色的油菜花
满眼金黄色的油菜花
满眼金黄色的油菜花
满眼金黄色的油菜花
满眼金黄色的油菜花
满眼金黄色的油菜花
满眼金黄色的油菜花
风中隐约传来麦笛声
满眼金黄色的油菜花

满眼金黄色的油菜花
满眼金黄色的油菜花
满眼金黄色的油菜花
满眼金黄色的油菜花
满眼金黄色的油菜花
满眼金黄色的油菜花
满眼金黄色的油菜花

云雀鸣叫着飞向天空
满眼金黄色的油菜花

满眼金黄色的油菜花
满眼金黄色的油菜花
满眼金黄色的油菜花
满眼金黄色的油菜花
满眼金黄色的油菜花
满眼金黄色的油菜花
满眼金黄色的油菜花
一轮清瘦的明月悬空
满眼金黄色的油菜花

释文

山村暮鸟（やまむらぼちょう，1884—1924），本名土暮八九十，日本非著名诗人和童话作家。年幼就被迫离开父母，一生坎坷，半生穷困。1902年进入东京筑地的圣三一神学校学习，毕业后成为传道士，转任于秋田、仙台、水户等地。日俄战争期间，被征派中国东北。回国后开始写诗，参加自由社等团体。陆续出版诗集《三个处女》《圣三棱玻璃》《树梢上的鸟巢》等。1924年，最后一部诗集

《云》尚未刊出，便已病逝，时年四十岁。前期诗作具有实验性，褒贬不一，但他自称是未来派，相信自己的诗作是千万年之后的佳作。后期诗歌融入自然，和自然一体，如其名"山村暮鸟"一样，多讴歌乡野生活与自然。

在《云》这部诗集的序言中，他写道："不能忍受无艺术的生活，也无法忍受无生活的艺术。艺术？生活？自始至终，必定要选择其一。于我，却是两者皆不可弃。（中略）愈不能诗，诗人，才成为诗人。渐感对诗无从下手，而感到无比喜悦。"

从中可以看出，诗，对于他来说已经是生活的一部分，生存的一种姿态。和石川啄木主张诗不能写成诗的样子的观点相近。在他们看来，虽然遭受人生与社会的不幸，被迫在暗夜的泥泞中匍匐、爬行，但诗歌犹如一盏灯火，一条内心生活的路径，指引着他们短暂、羸弱的一生。

回到这首诗。本诗共三个段落，结构相同，每段九行，每行九个假名，形成三幅方正的图画，对应风景以及"马赛克"的标题。而且，这样的创造性表达将诗歌的音乐性和节奏以图画的方式呈现出来了。

标题中的"纯银"，有学者认为是金属活字印刷版的意思，即本诗是一次文字马赛克游戏，带有明显的实验性，似乎陷入一种语言的游戏之中，而丧失了诗的意味。或许这就是《圣三棱玻璃》遭到日夏耿之介（1890—1971）等诗人同行恶评的主要原因。

该诗不断重复排列"满眼金黄色的油菜花"，但每段九行中的第八行，则是差异性的画面，分别是：风中隐约传来麦笛声/云雀鸣叫着飞向天空/一轮清瘦的明月悬空。若是将"满眼金黄色的油菜花"和它们组合在一起，效果如下：

满眼金黄色的油菜花
风中隐约传来麦笛声
云雀鸣叫着飞向天空
一轮清瘦的明月悬空

诗人的视角，由地面→风中→天空→月亮（天际），视角不断在移动，而原诗中诗人的视角陷入汪洋一片的油菜花之中，随着麦笛声的出现，打破了视觉带来的滞缓的平静，但随之又沉入油菜花的海洋，几只云雀从油菜花丛中飞鸣冲向半空，再次从“满眼金黄色的油菜花”带来的压迫性、几近窒息的色（视觉）、香（味觉）等感官场域中暂时解脱出来，但是，这也是暂时性的。最后一段天空中的那轮高悬、几近透明的明月在与“满眼金黄色的油菜花”的对抗中，依然处于下风，诗人最终还是臣服——回归大地葱郁、热烈、浓郁的生命之中。①

诗人、小说家室生犀星（1889—1962）在《我喜欢的诗人传记》中，给予了这首诗积极的肯定：“初读感觉是文字游戏，读起来并无太多感受，似乎只是在稿纸上随便写出来的作品。不过，在暮鸟去世三十五年后的今天，我手捧诗卷，再次读到这首诗，才真正理解了它。诗歌创造性地呈现了油菜花之美。让阅读者想象如下画面：盛开野花的田野上，身为牧师的山村暮鸟在满眼金黄的油菜花丛中走过的

① 若是按照每段九行、每行九字的方式翻译出来，在视觉上就已经呈现打成“一片”的效果，因此，不需要把“一片”之诗意降格为字面的意义而翻译出来。

场景。”

室生犀星体会到了这首诗蕴含的诗意，但是他并没有完全理解其中的象征意义。换言之，这首诗契合了诗人的内心精神历程的转变，即对神——基督信仰的否定，而代之以回归乡村、重视大地耕作的现实生活态度。那一轮永恒高悬于天际的明月象征着天空、上帝之眼，但在诗人看来，若是在热情浓烈的大地参照下，明月是生病的、清瘦的、残缺透明的，甚至是病恹恹的、苍白的。

虽然诗人从小开始在神学院学习，后来又成为传教士到处布道，但其信仰并不坚定。在一首名为《耶稣》的诗中他曾经写道：耶稣没有父亲/耶稣不收割麦子/耶稣不吹笛子/耶稣不懂女人/哦，耶稣在十字架上死去。

若是回到这首诗的题目，之所以将“纯银马赛克”作为副标题，还有另外一种理解：银色是月亮的颜色，但在诗人眼中的这幅人间的“风景”中，月亮是以一种隐藏——马赛克的方式出现的，所以，副标题似乎也就是“月亮马赛克”，而这首诗的“风景”，是由浓烈热情的大地（油菜花）和清冷、苍白、透明的天空（月亮）构成的一幅现实和内心交织的画面。

一個の人間

武者小路実篤

自分は一個の人間[①]でありたい
誰にも利用されない
誰にも頭をさげない
一個の人間でありたい
他人を利用したり
他人をいびつ[②]にしたりしない
そのかはり自分もいびつにされない
一個の人間でありたい

自分の最も深い泉から[③]
最も新鮮な
生命の泉をくみとる
一個の人間でありたい
誰もが見て
これでこそ人間だと思う
一個の人間でありたい
一個の人間は
一個の人間でいいのではないか

---

① 一個の人間：一个人，而非其他的存在。
② いびつ：原意为使某物变形、不正常。此处指以欺压、剥削等不平等的方式和立场对待他人。
③ 内心、心灵的最深处。也可译为灵魂处。

一個の人間

独立人同志が

愛しあい　尊敬しあい　力をあわせる

それは実に美しいことだ

だが他人を利用して得をしようとするものは

いかに醜いか

その醜さを本当に知るものが一個の人間

中文译诗

一个人

我想作为一个人而生活

不被他人所利用

不向他人点头哈腰

作为一个人而生活

不利用他人

也不欺压他人

我也不做欺压别人的压迫者

我只渴望作为一个人而生活

从自己心灵的最深处

汲取最新鲜的

生命之泉

渴望作为一个人而生活

无论是谁都会认为

这才是一个人的存在

渴望作为一个人而生活

一个人

作为一个人不好吗？
一个人

独立的人　志同道合
爱护和尊敬　协力而生活
这是多么美好的事情！
为了私欲　利用他人
又是多么丑恶！
明白这些才能作为一个人而活着

释文

这首诗很简单，也很朴素。或许你会认为这不是一首诗歌，因为它既没有歌的柔情，也没有诗的深度，在你眼里，或许，这就是格言短句，近似一种宣传语。

不过，你若能体会这一点，即作为一个人活着，真的很难。对这首诗，你就有不同的看法了吧。而且，在武者小路实笃（むしゃのこうじさねあつ，1885—1976）看来，想要作为一个人活着，这不是一个人的事情，而是关系着整个人类的事业。

一战之后，日本作家武者小路实笃受到克鲁泡特金的互助理论和托尔斯泰的泛劳动主义的影响，开始与他的“白桦派”同人一起发起“新村运动”。相继在宫崎县木城町（1918年）和埼玉县毛吕山町（1939年）创建实验性的“乌托邦”。倡导耕读生活，努力开创无压迫、无剥削的理想世界，以世界主义去否定国家和民族这些概念的实体化给人类带来的压迫和扭曲。①

其实，早在1910年登场的白桦派文学团体就是这样一个理想主义色彩浓郁的组织。代表人物武者小路实笃曾说“白桦运动是探讨个人应当怎样生活”。而这一思想，具有启蒙主义特质。与后来的具有社会主义倾向的“新农村”运动一脉相承。新村提倡协力的共同生活。一方面尽了对于人类的义务，一方面也尽了各人对于各人自己的义务；赞美协力，又赞美个性；发展共同的精神，又发展自由的精神，幻想以这样的新村为实验园地，进而推广到全世界。

1918年12月15日，周作人在《新青年》第五卷第6号上，发表《人的文学》。后来，他去日本参观访问“新农村”，返京之后大力提倡“新农村运动”，这成为他一生的思想线索。这一思想运动在当时颇具影响。毛泽东甚至登门向周作人请教，并拟定了在湖南长沙岳麓山建设新村的计划。

1926年，诗人宫泽贤治成立罗须地人协会（Rasuchijin Association）。这也是一个学农结合、并耕而食的实验社群。可以说，这些带有空想社会主义色彩的农村合作化试验，今日看来，依然是被我们所忽略的思想资源。

如今，很多人漂泊在无根的都市，脑力与体力相分离，一部分人

① 他的理念可以概括为：“全世界の人間が我等と同一の精神を持ち、同一の生活方法をとる事で、全世界の人間が義務を果たせ、自由を楽しみ正しく生きられ、天命（個性を含む）を全うする道を歩くよう心掛ける。”

依然不劳而获，一部分人终日辛劳却也未能有立足之所。国与国纷争不休，民族矛盾不断，城市与农村依然对立，在资本与科技带来的幻影下，大部分人被迫日复一日地劳作，远离生养我们的土地，至死也未能领悟人的价值和意义，未能理解生命与自然的关系。这是多么悲惨的事实，与诗相背离的世界，需要的是对现实世界提出否定和质疑的诗。

因此，我将这首诗视为大众之歌，启蒙之歌，也是一首理想之歌，在这个依然充斥着不平等的世界，我们需要这样的歌，我们不做奴才，也不做剥削者，我们要做一个人，一个有理想的战斗者。

片恋

北原白秋

あかしや①の金と赤とがちるぞえな②

かはたれ③の秋の光にちるぞえな

片恋の薄着のねる④のわがうれひ⑤

曳舟⑥の水のほとりをゆくころを

やはらかな君が吐息のちるぞえな

あかしやの金と赤とがちるぞえな

---

① 明治时期输入日本的绿化树种，一般称作洋槐树，又名ニセアカシア(别名：ハリエンジュ)。

② ぞえな：江户时代口语结尾的一种表达，今已不再使用。"ぞ""え""な"三个终助词连用，"ぞえ"音变为"ぜ"。"散るぞえな"就可以理解为：散っていくな。"な"此处表示挽留之意。

③ 汉字标记为"彼は誰"，一般是指拂晓时分，此处也可理解为黄昏时分，如坪内逍遥的《当代书生气质》有句如下：春とはいへどさすがにも、黄昏（カハタレ）ぎはの風寒み。若理解为拂晓，则该诗描绘的是一个焦虑而彻夜难眠者的形象。

④ "ねる"即"ネル"，一般有两种情形，フランネル（法兰绒）和ネル（棉纺）。两者都是明治日本西化引进的商品。

⑤ うれひ：憂ひ。

⑥ 江户风物之一，载歌舞伎游赏夜景的游船。今东京都墨田区有一条名为"曳舟"的街道。

中文译诗

单相思

槐树金色、红色的叶儿　且莫飘零

秋夜拂晓微明

我心忧郁　单相思薄薄的法兰绒

沿岸独步　游船与我相向而行

耳边落下你温柔的叹息声

啊！槐树金色、红色的叶儿　且莫飘零

释文

北原白秋（きたはらはくしゅう，1885—1942），福冈人。原名隆吉。曾在早稻田大学学英文。1906年参加明星社，1908年创立牧羊会。1909年发表第一部诗集《邪宗门》（『邪宗門』），从此扬名天下。1911年10月，《文章世界》杂志以投票形式推选明治十大文豪，北原白秋在诗人中位列第一，名噪一时。后经三段婚姻，前两次都遭受不伦之恋的苦痛，对他的影响极大。战争期间，同日本近代多数作家一样，就内部因素而言，因名利心与生活所困，也因精神结构的缺陷（文人性格的懦弱、日本近代未能确立个人的“主体性”），北原也沦为狂热的民族主义者，写过许多赞颂战争和天皇的作品，如《爱国进行曲》、《军队进行曲》、《万岁希特勒》之类的歌谣。晚年，出版诗集《满洲地图》。不过，在此期间，他的诗、歌、谣等体裁的创作在艺术层面亦有拓展，直至垂暮也笔耕不辍。一生作品有200余部、1000多首（篇），涉及各种体裁（后汇总诗文全集18卷），被誉为“综合诗人”。

诗集有《回忆》《水墨集》等。歌集有《桐之花》《云母集》《雀卵》《白南风》等。童谣集有《蜻蜓的眼睛》（1919）、《月亮和核桃》（1929）、《兔子的电报》（1921）、《节日之笛》（1922）、《孩子的村庄》（1925）、《二重虹》、《象之子》、《七个核桃》等。

北原的诗歌特点不宜一概而论，我也很难认可诗人创作的分期之说。但他的诗歌艺术有几个关键词需要提及：抒情和音乐（他的诗普遍具有歌谣的特点）、感官（色彩）和意象（景物）。

《单相思》这首诗，被视为上述艺术特质的一个出发点。后来北原白秋在《雪与花火的余言》一文中说：“《单相思》这篇作品引发了我诗歌风格的一场革命。此后我创作的新型民谣诗都是以此篇作品为萌芽，逐步生成发展而来的。”①

《单相思》这首诗，我们可以从几个方面加以分析和领会。

首先，象征主义诗歌的特色。

这首诗歌以传统五七五调句式展开，谣曲风格浓郁，却又不同于陈旧之物，而是一种新的审美的萌发，有着鲜明的时代气息。因此，《单相思》是谣、是歌，也是诗，亦可入曲吟唱。在我看来，这才是

① 西原大辅：《日本名诗选1》，日本东京：笠间书院2015年，第89页。

北原白秋诗歌最主要的特色（象征主义等在某种意义上只是一种方法与手段，而非诗歌的目的）。

就这首诗歌而言，既有江户风物触发的怀旧情趣，也充溢着西洋风、象征主义式的感官的色彩和交集。这种摇曳在微明和幽暗、古典和现代之间的朦胧和神秘的感伤情绪，被反复玩味、咀嚼，单纯却不单调，简单却留有余味，不愧为日本近代唯美的象征主义代表作之一。

此外，象征主义特色在这首诗中较为突出感官颜色的捕捉与呈现，特别是红色及其相关意象，反复出现在他的诗句中。他在自己的第一部诗集《邪宗门》中曾言："但愿走入那极端神秘的红色梦境。"（惜しからじ、願ふは極秘、かの奇しき紅の夢）这句话，似乎成了他的艺术誓言。红色的枣、红色的金鱼、红色的嘴唇，甚至红色的坟墓，不时跳跃于诗作当中。如他在《接吻时刻》中写道："赤红而战栗之吻，刹那间，击颤我的身心。"（赤き震慄の接吻にひたと身顫ふ一刹那）与谢野铁干从北原白秋诗歌流畅的节奏出发，认为北原白秋的诗不像过去那种僵硬冰冷，其作品充满了温暖跃动感，仿佛具有生命。没错，他的诗是活着的。其实，节奏只是其中的一方面理由。红色这一极为活跃且危险的意象符号被多次使用，也需考虑在内。

其次，抒情与音乐。

北原白秋与三木露风（1889—1964）齐名，并称日本象征主义诗歌的双璧，有"白露时代"之称。而且，两人都十分重视童谣的创作，并与有日本古典音乐第一人之称的作曲家山田耕筰合作，将许多作品都谱曲成歌，传唱至今。如三木露风作词的《红蜻蜓》，北原白秋作词的《这条道路》《枸橘花开》等都是家喻户晓的名篇。因此，从体裁来说，童谣是北原白秋和三木露风的重要贡献与特色。若从诗与歌、谣与曲的关系上来说，这无疑也是他们诗歌创作风格的一个要点，即上面我们提到的，《单相思》是谣、是歌，也是诗与曲。在融合传统风味和西洋传统的基础上，追求音乐性和抒情性，诗与歌的界限便消解于或朦胧、或幽明、或热烈的情绪和意象之中了。《单相思》就是以民谣风和流行小调为基调的吟咏现代都市风景的名篇，完全可以谱曲而歌。

就本诗而言，前两句皆以“ぞえな”带有江户民谣俗曲风味的终助词结尾，最后又以此结束全诗，形成怀旧情绪的复调结构，回味悠长。口语方言的运用，让很多当时的读者产生一种回忆和联想。永井荷风就在名为《饮红茶后》的随笔中，对该诗的这一手法表达了激赏之情。这种咏叹的复调、口语俗曲的运用，带来的一个直接效果就是该诗的节奏感和抒情性，得以强化，非常适合吟诵或谱曲吟唱。如此，诗也就成为歌了。

北原白秋在诗集《东京景物诗》的序言中也提到对于诗和谣曲的创造性理解：“这个时期种种杂多的诗风一时纷纷破土冒出青芽，前后相互交错，终于创作出脱胎于俗谣（包含民谣、流行和歌与俗曲在内的通俗和歌）的新体诗。”

再次，诗化的意象。

总的来说，与这首诗歌“歌大于诗、节奏如曲”的特点相应，情绪大于写景、意象超越逻辑也是这首诗的特点之一。试举两个例子。

第一，关于“单相思”。单相思，日文写作“片思い・片恋”。这也是一个近代性的话题，尤其题目直接命名为“单相思”更是自古少有。[①]不过，此诗的单相思，与其说指向某一个人，不如说指向的是作者内心流动着的这种忧郁、感伤的情绪本身，而诗中所见之物皆为这种名为“单相思”的情绪——染料为世界这幅画的着色。北原曾说，诗歌的生命在于暗示而不是对抽象概念的简单表述。所谓象征，即在一种不可名状的情绪震颤中，去寻觅心灵的唏嘘，去憧憬缥缈的音乐的欢愉，去表现自我思想的悲哀。

第二，诗句的表达。理解这首诗并非难事，但如何用汉语传达出原诗的诗味又能被中文的读者所接受，也是一件较为棘手之事。其中的关键就在于不能以逻辑的思维去理解诗歌，而应该以聆听的姿态去领受一种情绪和感动，翻译也是如此，翻译面对的不是实在的句子，而是诗歌整体洋溢的芳香、飘散的味道。

该诗的第一、第二句都以“ぞえな”这三个连用的终助词结尾，在汉语中就很难原貌呈现，只能从领悟原诗所营造的颓废、唯美的氛围出发，尝试一种审美的整体还原。

第一句“ちるぞえな”，很明确是槐树金色或红色落叶飘零的场景，但第二句中的“ちるぞえな”可以理解为一种咏叹的复调，也可以理解为由第一句景色引发的一种超越具象的情绪之意象，即我内心流动的感伤的情绪——感动凄美的秋色、泪落微明的暮色。而且两者独立成句，因此在翻译时就不能翻译成：槐树金红色的叶儿飘零，在秋日暮色微明中。第一句和第二句之间并非被封闭在一个固定的场景和意义中，第二句是承接、融合第一句的情绪，并从第一句的具体场

① 在《万叶集》中，最大的一组歌群（24首和歌），就是笠郎女对大伴家持倾诉的单相思之苦，但似乎也没有用到“单相思”（片思い・片恋）这个词。表达她的单相思时，她使用的词汇是“相思はぬ人を思ふ”。见《万叶集（4-608）》：“相思はぬ人を思ふは大寺の餓鬼の後方に額つくごとし。”译诗：相思情深来大寺，饿鬼背后白磕头。（刘德润译）不过，在第3卷372首题为《山部宿祢赤人登春日野作歌一首》中出现了“片恋”这个词。

景中跳跃而生成的一种抽象的审美意象。

最难翻译的是第三句和第四名。

这两句以象征主义诗歌的官能式的通感，跳出日常，以诗化的意象和情绪代替实写。直译为：单相思穿着薄薄的棉衣的我的忧伤，我在有“曳舟”的水边的河岸行走。

显然，想要从一首诗中攫取一种客观的真实、准确的信息等都是笨拙的，无可救药的。如此，译诗便会陷入一种语意的混乱状态。但，语法不完整、表述片段化，并没有阻挡我们内心的构想力和自由联想的能力（康德所说先验想象力，在胡塞尔那里则是意识的意向性构造，乔姆斯基所言的语言在结构上的本质）的发挥，甚至我们可以说，诗歌的语言，恰恰是以残缺的、非逻辑化、非日常化的状态和方式为我们潜在的联想力和构想力提供了自由发挥的余地，使得人们以一种更为切近自己内心的方式理解这个世界和我们自己。

在北原白秋的歌集《桐花》（『桐の花』，1912）中，有歌如下：片恋のわれかな身かなやはらかにネルは着れども物おもへども。

除了结构和层次之外，该诗歌的用词、主题、情趣和《单相思》几近一致。而且，需要补充的是，《桐花》中的“桐树”是明治日本政府从西洋引入的城市绿化树种，在当时被视为一种非常时髦的西洋文化象征物。

整体而言，北原白秋的诗作题材虽然丰富，但并无复杂而深刻的思想，前期语言华美，被誉为语言的魔术师，但背后没有理念的支撑。在这个意义上，他受到法国象征主义诗歌的影响，也多在表层。换言之，笔者以为与其说象征主义诗歌，莫如说北原白秋的诗风更加接近于印象派特色，唯有感觉和情绪的表象，而缺乏表象之下的哲学基础和世界观念。其后期诗作趋于平实清淡，有回归传统的倾向，有人认为这段时期其创作多有老庄之风，犹如构图简单的水墨画，这一点在童谣的创作中尤为凸显。

正如吉田精一所言，北原白秋本质上是一个抱有童心的即兴诗人，虽然缺乏浑然的力作，没有深刻的理念追求，但正因如此，才使得他的作品容易为大众所理解和接受，才获得了国民诗人的待遇。

对于中国读者来说，北原白秋诗作中有很多中国题材的创作，如竹林七贤、兰亭会等，都值得关注。

飛行機

石川啄木

見よ　今日も　かの蒼空（あおぞら）①に
飛行機の高く飛べるを

給仕（きうじ）づとめ②の少年が
たまに非番（ひばん）の日曜日③
肺病（はいびやう）やみの母親とたった二人の家にゐて④
ひとりせっせとリイダア⑤の独学をする眼の疲れ……

見よ　今日も　かの蒼空に
飛行機の高く飛べるを

---

① 在日语中，“蒼空”，发音与“青空”相同。但前者更接近一种汉诗的表达，让人联想起“苍天”“苍穹”等字眼，给具有汉文修养的读者一种时空辽阔无尽之感，在诗中或指向诗人对命运的感触及反抗。
② 直译为服务生或勤杂人员，此处意译为打工。
③ 对于打工者而言，周六日也难得休息。
④ 作者的母亲、妻子以及本人都因感染肺结核而亡。ゐ：い。
⑤ リイダア，外语学习读本。有人音译，有人翻译成“英语”。

中文译诗

飞机

看啊　今日的苍空[①]
飞机再次高高飞起！

打工的少年
在难得不上班的周日
陪着患肺病的母亲　清冷的家里
他自学着外语　虽有困意……

看啊　今日的苍空
飞机再次高高飞起！

---

① 以周作人先生的译文比照，本次翻译更多从意义的角度考虑增减、变换句式。周的译诗如下：看啊，今天那苍空上 / 飞机又高高地飞着了 // 一个当听差的少年 / 难得赶上一次不是当值的星期日 / 和他患肺病的母亲两个人坐在家里 / 独自专心的自学英文读本 / 那眼睛多疲倦啊 // 看啊，今天那苍空上 / 飞机又高高地飞着了。

释文

1922年5月，中国杂志《诗》（1卷5期）刊出周作人的评论《石川啄木的短歌》，对石川啄木（いしかわたくぼく，1886—1912）的一生有过精辟的概说：

> 石川啄木（1886—1912）本名一，初在乡间当小学教师，月薪仅八元，常苦不足，流转各地为新闻记者，后至东京，与森鸥外、与谢野宽诸人相识，在杂志《昴》的上面发表诗歌小说，稍稍为有识者所知。但是生活仍然非常窘苦，夫妻均患肺病，母亦老病，不特没有医药之资，还至于时常断炊。他的友人土岐哀果[①]给他编歌集《悲哀的玩具》，售得二十元，他才得买他平日所想服用的一种补剂，但半月之内他终于死了，补剂还剩下了半瓶。他死时年二十七，妻节子也于一年后死去了。他的著作经友人土岐、金田一[②]等搜集，编为《啄木全集》，分小说诗歌及书简感想等三卷，于一九二〇年出版完成。

石川啄木和日本近代许多诗人一样，他的一生是短暂的一生，也是痛苦的一生。他奋斗、挣扎了一生，最终还是在穷困潦倒中死去，时年二十七岁。

---

① 土岐哀果，即土岐善麿（1885—1980），日本诗人、戏曲家、翻译家。二战期间隐居在家，后作为中日友好交流协会理事、顾问多次访华。

② 金田一，即日本语言学家金田一京助（1882—1971），曾多次资助石川，甚至将《新语言学》稿费相赠，让石川作购药之资。

石川啄木曾是神童，后来沦为人生的失败者；他做过地方的短工（抄写员、代课老师）和记者，也做过东京帝都的无业游民；他写短歌和诗，也写评论和小说；他动不动就在诗歌中哭泣，像一个脆弱而敏感的孩子；他也曾背着妻儿，放荡于青楼酒肆。在诸多不确定的面孔中，唯一不变的是他对这个世界持续地思考和写作。有人说，其写作思想从浪漫主义出发，经过自然主义和象征主义，然后抵达社会主义。[①]其中，《可以吃的诗》（1909）一文代表了他对自然主义摇摆不定的态度。[②]而在“幸德秋水事件”之后，他明确主张文学必须介入社会。著名的评论《论时代窒息之现状》（1910）就诞生于这个时期。到了《笛子和口哨》那里，诗中就开始出现鲜明的革命者形象了。

大多数人认为石川啄木以短歌见长，也有人认为以《笛子和口哨》为代表的十几首新体诗更胜一筹。今天跟大家讲的《飞机》这首诗，写作于1911年6月27日，收录于《笛子和口哨》的手稿中。最初刊载于土岐善麿编的《啄木遗稿》（东云堂书店，1913年），被视为作者的代表作，是日本抒情诗的名篇之一。

此诗有一个不得不提及的背景是，1910年12月，日本（东京）的天空迎来飞机的第一次成功飞行。据说，试飞期间，以试飞地点佐佐木练兵场（今佐佐木公园）为中心聚集了大约五十万观众。

若以一个普通人的视角来解读，此诗描绘了两幅画面：一个是，少年透过窗户仰望飞过天空的飞机；一个是，简陋清贫的一户人家，母子躺在床上，而少年手捧一本外语书苦读。天空与人间，理想与现

---

① 浪漫主义之于象征主义，正如同自然主义之于社会主义，它们之间并非泾渭分明的关系，而是相互依存。象征主义是浪漫主义的变形，而社会主义则是自然主义向更深刻的现实主义迈入的变奏。

② 在《可以吃的诗》中，石川啄木提出了许多有趣论点。吉田精一在《日本近代诗歌鉴赏明治篇》中认为此文尚在自然主义文论的范畴。

实，连接两者的是不屈服于命运的苦读外语的少年。因此，若以全能的视角观之，我们也可将之纳入一幅画面之内：少年仰望天空的画面乃是虚写，是少年内心的活动，超越眼前残酷的现实，是备尝人间疾苦、自学苦读的少年的内心渴望，在湛蓝的天空中，高高飞翔的飞机，无疑是少年内心理想的象征物。就主题而言，与“理想—现实”的巨大差距相关，也内含“地方—首都”这样对抗性的话题。对于来自地方的穷孩子而言，渴望成功、出人头地，是国家和时代话语制造的“梦想”，也是每个身处都市的漂泊者的原动力。在资本日趋高度集中化的当下，理想—现实、首都—地方，这样的二元分裂症状愈加彰显，并在许多人的内心留下伤痕和疼痛，这也是该诗迄今被反复阅读的一个不可忽视的因素。

只不过，以上仅是我们的本质直观和联想力作用的结果。若要深刻理解一首诗，这还远远不够。因为，诗，首先是形式的。我们尝试从以下四个方面说明：

第一，诗歌的节奏。

整体结构：本诗分为三段，第一段和第三段相同，形成一种复调式结构，与构成核心叙事的第二段形成对比的同时，也强化了主题：穷苦的少年仰望高高飞翔的飞机——现实与理想的巨大差距及由此形成的张力。

抒情与叙事：第一段和第三段侧重虚写和抒情，第二段侧重实写和叙事，两者相辅相成。

诗中每一句都有“の”，构成一种复调的语感，增强了诗的节奏感和感染力。

第二，主题与形式。

第一段描写天空和飞翔的飞机，也是少年激动的内心。格调高昂，抒情强烈。第二段聚焦人间贫寒疾苦的日常，用语口语化、以白描方式叙事，笔触低缓。笔者的翻译采用意译的方法增补删减、改换句式的依据主要在于此。

第三，诗的分行与断句。

本诗分行、断句自由转换，是诗人内心渴望自由的一种外在表达。

啄木在日本诗歌史上的业绩，一般认为在于其短歌打破了日本古典短歌必须是一行的传统，改作三行，并舍弃雅语而用口语。但更为深层的理由却鲜有人指出。

在《和歌种种》（1910）一文中，石川啄木痛斥压迫在民众身上的尚未没落的传统家族制度、阶级制度和兴起的资本主义制度等：

> 我感到不便的，不只是将歌写成一行。而且，现在我自己可以任意改动的、应该改动的，也只能是这张桌子上的座钟、砚匣和墨水瓶的位置，以及和歌这类东西，也仅仅是些无所谓的事而已。至于其他一些真正使我感到不便，感到痛苦的事情，岂不是连一个指头也动不得吗？不，在这个世上，除了对它忍让，对它屈从，继续过那惨痛的二重生活之外，又能有什么办法呢？自己也曾试着对自己做种种的辩解，可是，我的生活仍旧是现在的家族制度、阶级制度、资本主义制度和知识商品化的牺牲。

简言之，传统格律诗歌与传统的强权统治、压迫制度具有精神的同构性，石川啄木认识到这一点，诗歌的自由化正是这一意识的内在推动力。

周作人曾在《石川啄木的短歌》一文中提到：“他的歌是所谓生活之歌，不但是内容上注重真实生活的表现，脱去旧例的束缚，便是在形式上也起了革命，运用俗语，改变行款，都是平常的新歌人所不敢做的。”

第四，这首诗体现了短歌传统与现代生活意识的结合。

短歌传统美学强调生活的一个断面，一个场景，并从瞬间的感受中提炼一种难言的意味和感动。虽然石川啄木力求诗歌的革新，形式的自由，但其美学的基础却是在尊重传统的基础上完成的。这首《飞机》，虽非短歌，但也继承了传统短歌聚焦瞬间、生活片段的特色，并融入了现实的生活和思考，是一次传统和现代生活意识较为完美的结合。

按照吉田精一的说法，这首诗虽然写作于《无结果的议论之后》这样政治思想性明确的诗篇之后，但它并非思想的力作，而像是一篇诗歌化的自然主义小说。

我并不完全认同吉田精一先生将其纳入自然主义文学的看法。少年仰望天空的画面，苍空中飞翔的飞机等意象，更像是从自然主义中脱逸而出，而颇具象征主义的风格，这一点暂且不提。更为重要的是，给整首诗带来画面感的并非自然主义，而是写生主义和抽象主义的合体。

他在致友人的信中说，正因为平生过着不如意的生活，所以有时候不能不从刹那间出现的，意识到“自己”的事物中，去求得证实自己的存在。这时，就作歌，将刹那间的自我写成文字，读了它，就能得到些许的慰藉。

回到《飞机》这首诗的主题，今天，距石川啄木离开这个世界已有110年，我想问的是，对于一个出身地方、家境贫寒抑或遭受苦难的下层孩子而言，这个世界变好了吗？

竹

萩原朔太郎

光る地面①に竹が生え
青竹（あおだけ）が生え
地下には竹の根が生え
根がしだいにほそらみ②
根の先より繊毛（せんもう）が生え
かすかにけぶる③繊毛が生え
かすかにふるへ

かたき④地面に竹が生え
地上にするどく竹が生え
まつしぐらに⑤竹が生え
凍れる節節（ふしぶし）りんりん⑥と
青空のもとに竹が生え
竹　竹　竹が生え

---

① 沐浴新年之曙光的大地。此外，在日本，竹子喻义新年，是新春的象征之物。
② ほそらみ：变得细小，即“細くなり”。
③ 汉字标记为：煙る・烟る，是动词“けむる”的文言表达方式。
④ かたき：硬（堅）い。
⑤ 笔直地、挺拔地。
⑥ りんりん：汉字标记为“凛凛”，表示不屈寒冷的气节与品质。

中文译诗

竹

光耀大地　生有青竹
亭亭青竹
地下生根
根伸成须
须生纤毛
纤毛颤颤　如烟如雾
跃动生命之舞

坚冷大地　生有青竹
用力伸展　亭亭青竹
节节猛进　亭亭青竹
冻竹高洁　凛凛威武
苍空之下　亭亭青竹
用力生长吧　竹　竹　竹!

释文

荻原朔太郎（はぎわらさくたろう，1886—1942），被誉为第一个成功地将传统日本短诗中的抒情风格与西方自由诗的形式结合起来的诗人，对确立日本近代口语自由体诗歌贡献颇大，有日本近代诗歌之父的美誉。

1917年出版的《吠月》（『月に吠える』）奠定了他在日本现代诗坛的地位，显示了其独特而敏锐的感受性（诗是抓住感情的神经之物，是活生生的心理学）。1923年出版的《青猫》（『青猫』），充满了忧郁单调的倦怠感，被誉为“青猫体”。后相继出版《诗的原理》（1928）、《恋爱名歌集》（1931）、《多愁的诗人与谢芜村》（1936）等诗歌评论。特别是《诗的原理》，在国内很早就出了译本，如作为新文化丛书之一孙俍工的单行译本以及徐复观的译本等，对国内汉语新诗的形成起到了积极的作用。晚年的诗人开始接触古典，注解《万叶集》《古今集》和江户俳句，诗风回归古典。1934年出版的诗集《冰岛》（『氷島』），全部用文言写作。1936年，出版评论集《多愁的诗人与谢芜村》，由于存在对抗欧美的日本狭隘民族主义思潮的背景，被批评是其创作的退化。[①]不过，笔者认为其“退化”并非仅仅源于外部时政的环境，也源于诗人精神的内部构造，不可一味否定。

这首《竹》选自荻原朔太郎的第一部诗集《吠月》。在荻原看来，当时日本主流的诗歌失去了日本人的纯真情感，被“西方译诗的

① 这一批评是有道理的，1938年荻原朔太郎在《新日本》杂志发表了《回归日本》（『日本への回帰』）一文，更加明确了保守主义的立场。

皮毛模仿玷污了光辉”。萩原与友人室生犀星在自己家中开设“诗歌与音乐研讨会”，并共同设立了“感情诗社”，创办《感情》杂志。

在《吠月》的序言中，萩原朔太郎说道：

> 一切好的抒情诗，都伴随着一种无法用逻辑和语言解释的美。这就是所谓的诗意（也有人称之为气韵或气质）。陶醉的氛围是诗歌的核心，而诗意是带来陶醉的要素。因此，诗意稀薄的诗，缺乏作为韵文的价值，如同香味不足的酒。这样的酒我不喜欢。
>
> 我希望诗的表达朴素，气味芳醇。
>
> 我希望我的诗歌读者，不是被诗歌表面的概念和“文笔”触动，而是去感受诗的核心即情感本身。
>
> 我内心的“悲哀”“喜悦”“寂寞”“恐惧”以及其他无法用语言或文章描述出来的复杂、特殊的情感，我用自己的诗的韵律将之表达了出来。不过韵律不是说明。韵律是以心传心。唯有那些能无言地感知韵律的人，我才可以与之亲切交谈。

萩原朔太郎将诗的核心归为诗意，而诗意的获得在于情感，情感的表达依靠韵律，而韵律的获得在于超越语言的以心传心。在诗歌里，能够超越语言的意义层面，而抵达以心传心效果的最为便宜的手段或许就是意象了。在萩原朔太郎这里，多为一种象征。

以《竹》这首诗为例。

本诗分为两段，采用了成熟的口语自由体。第一段，由新年的耀眼光泽引入，转而集中描写看不到的地下，是一幅想象的画面，地下密布、交错纵横的根须，充满了阴暗、潮湿而富有生命的意志与抗争。而第二段，镜头对准的是蓝天之下、坚硬地面之上，生长的挺拔不屈、奋力向上的笔直的竹子。地上和地下两个世界并非割裂而是统一，统一于一种象征之物，青竹。

青竹，自古是东方文化的宠儿，是高洁不屈的象征，是君子之物，在日本也是新年的象征。而在这首诗中，萩原朔太郎赋予了竹子新的生命意象，将看不到的根部以动感的方式呈现出来，让人感受到诗人精神内部不可遏制的能量。这种能量是阴暗、潮湿而冲动的，是盲目而不可确定的，也正是这种内部的阴暗的力量给予了地面之上青竹之高洁与葱郁，让人不由地联想到善与恶之能量在自然万物、人类世界的纠结与转化。这才是生命的本质状态，这才是世界的真实。

这首诗的情感寄托于节奏与音律之中，特别是反复作为结尾动词的“生え”，在诵读时产生一种强烈的渴望与意志。这既是诗人的渴望，也是象征之物青竹的生命力，也成为诵读者在诵读时的内心的情绪与节律。

有趣的是，不能翻译，有时候恰恰是一首真正好诗的标志。诗歌，是语言之精华，站在某种语言的最高处。不可译，也往往碰触到一首诗所用语言的独特价值。萩原朔太郎的这首诗就是如此。

这首诗也饱含了以新年为背景的复杂情绪，是悲是喜，各有领悟。就译诗而言，是美的传达，更是美的重塑。因此，笔者以传达诗意为主，重置了诗的节奏。

如上所述，原诗的节奏主要在于“生え”一词的作为结尾词之反复，而日语中的动宾结构与汉语相反，宾语在前，动词在后。若要在遵循原意的基础上，实现传达出原诗之动感与节奏，可以尝试以“生长”之词对应放于句末，但如此无法抵达原诗的情感力度，而现有翻译以“生长着”结尾，则更加削弱了原诗想要强化的部分。

综合以上考虑，笔者采用文言古体的形式，简短而有力，铿锵而抒情，并加以复调呈现，最后将抒情送至高潮，三个“竹”字也对应了原诗中一片青竹峥嵘的景象。

不过，我们对照的诗作并非最初的版本，收录诗集时做了部分的删减，而删减的部分（悲伤与悔恨），恰恰是最初的版本中情绪的主脉。感兴趣的读者可以将这一版本和最初的版本比照来看，因为删减之后的作品是一首新的诗。

此外，在诗集中，以“竹”为题的是一组诗群，将之放在诗群之内，或许这首诗的解读会发生有意思的变化。

萩原朔太郎的诗作不多，但几乎每篇都是匠心之作，有的篇什堪称经典，比如《心》《脸》《蛙之死》《酒精中毒者之死》，后两部作品堪称悬疑恐怖之作。总之，在笔者看来，萩原朔太郎无愧是诗界一等一的高手，一位少有的语言大师。①

① 窃以为萩原朔太郎超出有语言魔术师之誉的北原白秋许多，这一点可从萩原朔太郎的诗论如《自由诗的价值》《诗的原理》等一流的论述中得到印证，也可以从北原白秋为《吠月》写的序文中窥见一斑。

春望詞

佐藤春夫　訳

しづ心なく散る花に
ながき[1]ぞ長きわが袂（たもと）
情をつくす君をなみ[2]
つむや愁（しゅう）のつくづくし

中文原诗

春望词

风花日将老，
佳期犹渺渺。
不结同心人，
空结同心草。

① ながき：ながい。对应的汉字应为表示时间的：永い。
② 君をなみ：文语句型，同“君がいないので”。“を”为间投助词，“なみ”是文语形容词“なし”的词干“な”加结尾词“み”。

释文

近代以降，包括诗歌在内的日本文化都开始在欧化的思潮下转向。就日本的近代诗歌而言，经由北村透谷的《楚囚之歌》、以森鸥外主译的诗集《面影》、岛崎藤村的《嫩菜集》、石川啄木的《笛子和口哨》以及北原白秋、室生犀星等人的文语自由诗、川路柳虹等人的口语诗的出现，推动了日本近代诗歌在欧化思潮等各种思潮下，朝着口语自由体的方向不断发展。而汉文学则被当作诸多外国文学的一种加以接受。直至1903年才由东京帝国大学将指代不明的“汉学科”分解为“支那哲学”和“支那文学”。[①]特别是在甲午战争之后，日本脱亚入欧的思潮甚嚣尘上，汉字限制乃至汉字废除论的国字改良运动的呼声高涨，以汉诗为代表的中国文化受到冷落，屈指可数的汉诗翻译集也多朝着去汉化的方向进行，如主张日本排斥汉字的中村春二使用假名翻译的汉诗集《唐詩選ぬきほ》（1922），罗马字主张者土岐善麿发表了全部使用罗马字母翻译而成的汉诗集《UGUISU NO TAMAGO》（1925）就是其中的典型。[②]

在这样的情势下，佐藤春夫（さとうはるお，1892—1964）于1929年出版发行了汉诗翻译集《车尘集——支那历代名媛诗抄》（『車塵集：支那歴朝名媛詩鈔』　武蔵野書院），且以文雅定型句式（七五・五七调）为主进行翻译，其文风浪漫、语体柔美，打破了原有的汉诗训读传统，启迪并影响了井伏鳟二（《辟邪诗集》，

① 严绍璗：《日本中国学史稿》，北京：学苑出版社2009年，第233页。
② 两部汉诗集的翻译亦是在脱亚入欧的思维下，即作为高等文明的西洋及受西洋感染的日本文明对于所谓的“低等文明”的汉文学文化改造的思维下进行的。

1937）、会津八一（《鹿鸣集》，1940）、那柯秀穗（《支那历朝闺秀诗集》，1947）等为代表的汉诗翻译潮流的涌现，有的学者甚至称这是日本第一部正式出版的中国古典诗歌翻译。①

本篇所选《春望词》即佐藤春夫选入《车尘集——支那历代名媛诗抄》（以下简称《车尘集》）中的一篇译诗。可以说，这是佐藤春夫较为得意的一首译作。《殉情诗集》（1921）、《我的一九二二年》（1923）中都收有此诗。

译文采用文雅定格句型，即七五调的和歌格调来翻译七言古诗，注重音律之美，即“つ”“づ”（tu，zu中的u元音产生出圆润而留有余韵的感觉）交互的叠韵来增强译文诗歌的节奏和韵律。而轻柔的“ナ”（na）音贯穿其中，形成富有层次的流动感，读起来像女子轻柔的叹惋。②

若是回到中文原诗，我们注意到，薛涛（约768—832）的《春望词》是五言组诗的一部分，即《春望词四首·其三》。全诗如下：

花开不同赏，花落不同悲。
欲问相思处，花开花落时。

揽草结同心，将以遗知音。
春愁正断绝，春鸟复哀吟。

风花日将老，佳期犹渺渺。

① 江新凤：《佐藤春夫与中国古典诗歌》，《解放军外语学院学报》1991年第3期。
② 同上。

不结同心人，空结同心草。

那堪花满枝，翻作两相思。

玉箸垂朝镜，春风知不知。

结合原诗，从对译的视角来看，可以引出很多话题。在全面欧化，口语自由体诗歌盛行，中国文学文化逐渐被轻视、忽视的时代，在以汉诗训读为传统的日本，汉诗译文集《车尘集》的出现无疑是一个值得关注的事件。这一事件本身就超出了简单的翻译问题。[①]

“车尘”二字取自南北朝时期的南齐名妓苏小小的诗句：美人香骨，化作车尘。（《楚小志》）《车尘集》所收原典是中国六朝至明朝近1000年间，生活在社会底层或者是命运坎坷的32名女诗人共48篇诗歌作品。有人统计，《车尘集》48首作品中，出自《名媛诗归》34首，出自《青楼韵语》16首（选诗与《名媛诗归》重复5首），另有3首尚不知出处。[②]所选择的32位女诗人，除薛涛、鱼玄机等知名度相对高些之外，其他均为无名女子。从另外一个角度看，这些女子大多出身下层且命运坎坷，很多是青楼女子，最主要的原典之一《青楼韵语》就已经点明这一特点。从这48首选译诗篇来看，又大多是五、七言古诗悲情恋歌，其中亦不乏艳情歌谣。如唐朝妓女赵鸾鸾之诗句“浴罢檀郎扪弄处，灵华凉沁紫葡萄”。

① 佐藤春夫的翻译并没有忠实于原诗，而是一种创造性的意译。若是以日本传统的训读方式，或许更接近原诗：風花日に将に老いんとするに / 佳期猶ほ渺渺たり / 同心の人を結ばずして / 空しく同心の草を結ぶ。

② 据奥野信太郎在《车尘集》的序文中提及除上述原典之外的众多作品，如《诗女史》（明田艺蘅）、《古今女史》（明赵问奇）、《伊人思》（明沈宜修）等数十部中国典籍，也为今后深化相关研究指明了方向。

要之，如果说薛涛的原诗写尽了在男权社会下，女性特别是有才华的、美丽的女性被奴役、压迫的命运的话。那么，佐藤春夫的翻译则更像是一位现代版的狎妓才子，在商品时代来临之际，用心良苦地发现了贩卖和消费女性的另一种文化投资方式。

正如奥野信太郎在《车尘集》的序文中所说，作者是有意避开中国诗文中如李白、杜甫“犹如白日的那些雄丽和豪气的明朗”，而是选择“每一篇却如同一盏小小的光烛，竭力照亮着枯叶的幽暗，又如散落在地上的素朴的花瓣……”，而且这些花瓣不是“小家碧玉之女子”就是“高楼浪子之妇女”。总之，选译的诗文都是一些“楚楚动人的柔弱香艳犹如春草版柔媚的作品”。翻译文集后面，还附带有“原作者の事その他”，即作者的小传，增强了趣味性。而且这种趣味性，如同其选择的诗文一样，带有极为强烈的强制性。32位女作者，除了生平不详以及极个别的如张文姬、丁渥妻之外，均为没有正常婚姻生活的命运坎坷的女子，多为妓女（17位）。

由此，我们可以看出《车尘集》在选材上的特征：命运坎坷且多为妓女的女流诗人、悲情恋歌为主，作者指向的是一个充满“荡思”和“怨妇”的中国。这样一个强制性的视野，让我们不由地联想到了盛行在日本大正时代的“支那趣味”。①

当然，从《车尘集》这一翻译诗集的特色与出版中，也可窥见佐藤春夫的中国观的转向以及他今后献媚于专制主义势力的可能性。限于文字，不予赘述。

---

① 所谓的“支那趣味”至少包含有三个层面：其一，异域风情和习俗；其二，对于全面欧化的抵抗；其三，先进文化自居者心态。

かなりや

西條八十

唄(うた)を忘れた金糸雀(かなりや)は　後の山に棄てましょか

いえ　いえ　それはなりませぬ[①]

唄を忘れた金糸雀は　背戸(せど)[②]**の小藪(こやぶ)**[③]**に埋(い)けましょか**

いえ　いえ　それはなりませぬ

唄を忘れた金糸雀は　柳の鞭(むち)でぶち[④]**ましょか**

いえ　いえ　それはかわいそう

唄を忘れた金糸雀は

象牙(ぞうげ)の船に　銀の櫂(かい)

月夜(つきよ)の海に浮べれば

忘れた唄をおもいだす

---

① それはなりませぬ：相当于现代日语“それはいけません”。
② 背戸：直译为后门、厨房门，也有房子后面的意思。
③ 小藪：杂草丛、灌木丛。
④ ぶち：汉字标记为“打ち”。

中文译诗

金丝雀

不再唱歌的金丝雀　就扔到后面的山上吧
不　不　不能那样

不再唱歌的金丝雀　就埋到院子后面的草丛吧
不　不　不能那样

不再唱歌的金丝雀　就拿柳条鞭子抽它吧
不　不　那样太可怜

不再唱歌的金丝雀呀
银色的桨　象牙的船
它会想起忘却的歌
倘若畅游在铺满月光的海面

释文

西条八十（さいじょうやそ，1892—1970），日本象征派诗人、作词家和童谣诗人，1913—1915年赴法留学，归国后任早稻田大学法国文学讲师、教授，后期主要从事歌词创作，并与法西斯军部合作创作了很多流行的军歌，如《同期之樱》（『同期の桜』）、《奔向决战的天空》（『决战の大空へ』）等。作为歌词家的他声誉鼎盛，以至掩盖了其诗名。如我们所熟知的电影《人性的证明》的主题曲《草帽之歌》（又译《麦秸草帽》）、《苏州夜曲》（『蘇州夜曲』）等均出自他的手笔。从他的创作经历中，我们也可窥见诗歌在近代传媒（报纸到广播）的变革中、大众消费时代到来之际的变化，由诗而歌，诗人也以写词而获得相应的薪酬与地位。

西条八十一生创作童谣700篇、诗200篇、歌谣2000篇。 著作收录于《西条八十诗集》《西条八十童谣集》等。

这首《金丝雀》属于童谣的范畴。1918年，受夏目漱石的弟子铃木三重吉所托而作，后谱成曲，流行日本全国。1919年出版处女诗集《砂金》（『砂金』　尚文堂）时收录，这是一部被认为是大正时代最美象征主义抒情诗集的名作。

这首童谣具有象征主义的风格。这只金丝雀自然就是饱受生活之苦、暂时忘却歌唱的诗人自己。童谣前三段以一问一答的方式推进，年轻的母亲以退为进，劝诱年幼的孩子不要放弃歌唱的勇气，早晚有一天你会再次唱起动听的音律。诗人以童谣的方式自我安慰和鼓励的同时，也引起大众内心的共鸣，加以配曲而流行，成为日本近代童谣的经典曲目之一。

童谣的最后一段可理解为母亲对孩子的勉励，也可理解为诗人的期许。形式和语调都有所变化，由口语对白转向略带庄重的书面语——意味深长的表达。因此，在翻译时必须注意这一点。

冬日抄

堀口大学

独りで僕は坐つてた
時の流れがおそかつた

日暮れ方
風が外套をとりに来た
街で凍える人達に
着せてやるとの事だつた

酒は冷えたが坐つてた
その後は誰も来なかつた

寝る前に
僕は窓から外を見た
流星が北へ向つてはすかひに①
夜天の硝子を截つてゐた

---

① はすかひに：斜交い（はすかい）に。

中文译诗

冬日抄

我一人独坐
时光慢慢流过

风取来外套
太阳已经西落
给街上挨冻的人们
莫要让他们冻着

酒冷了　我还坐着
没有人来了

睡觉之前
我在窗口向外看
流星划破北方的天空
照亮玻璃般的夜色

释文

堀口大学（ほりぐちだいがく，1892—1981），诗人。因出生在东京大学前的住宅，故名大学。17岁时为吉井勇的短歌《夏日的思绪》所打动，加入“新诗社”，开始了70余年的创作翻译生涯。其创作遍及短歌、诗歌、翻译、评论和随笔等领域，刊行作品近300部。整体来说，作为翻译家，尤其是诗歌翻译界的高峰，在近现代日本文坛无人可超越，影响甚大。这与他1911年从庆应大学中退，随任外交官的父亲周游拉美、欧洲的经历有着直接的联系。在国外期间，发表了诗作《月光与丑角》（1919）和译诗集《昨日之花》（1918）。1925年回国后，译有《月下的一群》等大型诗集，这是继上田敏的译诗集《海潮音》之后对日本诗坛产生巨大影响的力作，收录了66位法国诗人、340首诗歌的翻译。其创作诗集还有《砂枕》（1926）、《写在水面》（1921）、《人之歌》（1947）等。受西欧诗歌，特别是法国诗歌的影响，他的诗具有不同于日本传统美学的知性、审美与节奏。如萩原朔太郎就曾赞赏他的艳情官能诗歌具有少女的纯洁、梦幻的空想以及骑士般的热情。也就是说，即使是以肉欲、裸体为题材的诗歌，在堀口大学冷静的笔下也闪烁着理性的光辉。诗人西条八十也曾对此评论道：“堀口大学的诗歌将肉感与机智融合，在日本诗坛无疑是了不起的开创者。”①

堀口年轻时与佐藤春夫交好。不过，他们在多年后因口语自由诗歌和古典自由诗歌之争，也一度闹得不可开交。据说主张使用古典

---

① 吉田精一：《日本近代诗鉴赏昭和篇》，日本东京：新潮社 1955 年，第 51 页。

日语的佐藤春夫回去就创作了一首口语文体的诗歌《大海的年轻人》(『海の若者』):

若者は海で生まれた
風を孕んだ帆の乳房で育つた
すばらしく巨きくなつた

或る日　海へ出て
彼は　もう　帰らない
もしかするあのどつしりした足どりで
海へ大股に歩み込んだのだ

とり残された者どもは
泣いて小さな墓をたてた

笔者试译如下:
青年出生在海上
被孕育了风的船帆的乳房养大
他智慧而强大

有一天他出海远航
从此 他再也没回来
也许他迈着巨大的步伐
阔步走向大海深处

留下来的人们

用眼泪挖了一个小小的坟墓

从上面这首诗中，或隐约可见佐藤春夫对堀口持有的一种复杂的心情。不过，在笔者看来，这首新诗的水平与他的《车尘集》（翻译汉诗的诗集）相比，逊色不少。

同样的，与堀口大学的原创诗作相比，笔者更喜欢他的译诗。如他翻译的法国诗人阿波利奈尔（Guillaume Apollinaire，1880—1918）的名作，也是法国诗歌的明珠——《米拉波桥》。

法文原诗充分体现了法语的音韵之美，意象流动，情感与形式高度统一，犹如塞纳河之水，起承转合、奔流不息。堀口大学的翻译是创造性的翻译。如他将“Comme la vie estlente/Et commel'Ésperanceestviolente”（人生缓慢，希望又这般暴烈）翻译为：“生命ばかりが長く、希望ばかりが大きい。”（生命漫长，希望多么巨大）特别是“日が暮れて鐘が鳴る、月日は流れわたしは残る”这两句的日文翻译，不仅将“Vienne la nuit”（夜来了）翻译成富有东方文化意象之美的“日が暮れて”（日暮），而且不断重复，形成叠韵，构成整首译诗的主旋律。我们可以根据日文翻译为：日暮钟声响，岁月流逝我独彷徨。很好地体现了法文诗歌内在的情感、意义、形式及由此带来的朗读时的情绪、气息。站在这一点上，仅就此两句的翻译而言，汉语常见的译本至多差强人意，唯有程抱一先生的译诗兼具声音与形式两方面的诗意再造与还原：“夜晚来临，钟声外。日子过去，我徘徊。”

回到这首《冬日抄》。这首诗是由情绪的片段连接而成，最后两段，有强制性地将琐碎的情绪提升为一种象征和喻义（理念）之嫌。即便如此，我们也可以感受到诗人内心的孤寂和对这个不平等世界的反思。而思维的跳跃与碎片化，意味着醉酒后的构思与创作的可能性极大。

“风取来外套/太阳已经西落/给街上挨冻的人们/莫要让他们冻着”。这一段应该是一种反讽，暮色降临，风带来的只能是更为寒冷的冬日的空气和夜色，这是孤独而绝望的外套。没有受冻的我，是否感到幸运与幸福呢？显然不是的，诗人望着无尽的夜色，看到流星划过天空，照亮瞬间透明的夜色同时，也点亮了无尽的虚空，这才是夜色的本质，这才是生命底色中的无奈和徒劳。这一思想和手法在《流星》（收录于诗集《新的小径》）的诗中也有类似的表达。

雨

西脇順三郎

南風(なんぷう)①は柔い女神(めがみ)をもたらした

青銅(せいどう)をぬらした　噴水(ふんすい)をぬらした

ツバメの羽(は)と黄金(こがね)②の毛をぬらした

潮(しお)をぬらし　砂(すな)をぬらし　魚(さかな)をぬらした

静かに寺院(じいん)③と風呂場(ふろば)と劇場(げきじょう)をぬらした

この静かな柔い女神の行列(ぎょうれつ)が

私の舌(した)をぬらした

---

① "南風"在日语中有两个发音，本诗中的发音，意为南风或夏季的风，若发音为"みなみかぜ"则一般指南方吹来的风。

② "黄金"在日语中有两个发音，若发音为"おうごん"则为黄金或金钱之意；若为本诗中所注发音，则为黄金或金黄色的。

③ "寺院"此处也可标注发音为"てら"。

中文译诗

雨

南风带来了温柔的女神
润湿了青铜　润湿了喷泉
润湿了燕子的翅膀和金黄的毛发
润湿鱼　润湿潮水　润湿了沙滩
悄悄润湿剧场和浴池　润湿了寺院
安静温柔的女神
湿润了我的舌尖

释文

这首诗出自*Ambarvalia*（1933），原为组诗《希腊抒情诗》（『ギリシャ的抒情詩』）的一部分。

西胁顺三郎（にしわきじゅんざぶろう，1894—1982），人生经历丰富，多语种创作，著作等身，多次被提名诺贝尔文学奖。其诗歌创作与其内向的性格、旅居欧洲的经历有关。他在欧洲接触了现代主义的许多艺术形式，如诗歌、小说、先锋派绘画等，并和当地的诗人交往。1924年7月，他与英国女画家玛吉莉结婚，同年从牛津大学休学，10月携妻子返回日本。1926年4月，他就任庆应大学文学系教授。回国以后，西胁广泛地开展文学艺术相关活动，掀起新的文艺思潮，影响了达达主义、超现实主义等诸多日本文学流派。据说，中国台湾地区的超现实主义也受其影响。

《雨》这首诗也颇具超现实主义的风格，诗中所描绘的女神、喷泉、青铜、寺院和剧场等景物，以及使用的“らした”的温润韵脚，很容易让人联想起南欧地区春雨的季节，营造出一种异域古典的神秘氛围。

不过，也有学者指出南风在欧洲地区往往让人联想起夏日炎炎的酷暑景象，即便是联想起希腊神话中普洛克涅变成燕子的凄惨故事，这首诗也充满了矛盾和不解。这里的女神可能是维纳斯雕像，可能是春雨本身，也可能是诗人自己心中的女神。但这并不重要，重要的是女神这个意象符号带来的非现实的神秘和朦胧之感。

雨ニモマケズ

宮澤賢治

雨ニモマケズ

風ニモマケズ

雪ニモ夏ノ暑サニモマケヌ

丈夫ナカラダヲモチ

慾(よく)ハナク

決シテ瞋(いか)ラズ

イツモシヅカニワラッテヰル

一日ニ玄米四合(げんまいよんごう)ト

味噌ト少シノ野菜ヲタベ

アラユルコトヲ

ジブンヲカンジョウニ入レズニ

ヨクミキキシワカリ

ソシテワスレズ

野原ノ松ノ林ノ陰ノ

小サナ萱(かや)①ブキノ小屋(こや)ニヰテ

東ニ病気ノコドモアレバ

行ッテ看病シテヤリ

西ニツカレタ母アレバ

---

① 引文根据手稿誊抄，抄写为“萓”，疑似有误，订正为“萱”，通“茅”。日语中有“萱屋・茅屋”（かや—や）之说。

行ッテソノ稲(いね)ノ束(たば)ヲ負(お)ヒ
南ニ死ニサウナ人アレバ
行ッテコハガラナクテモイヽトイヒ
北ニケンクヮヤソショウガアレバ
ツマラナイカラヤメロトイヒ
ヒデリノトキハナミダヲナガシ
サムサノナツハオロオロアルキ
ミンナニデクノボートヨバレ
ホメラレモセズ
クニモサレズ
サウイフモノニ
ワタシハナリタイ

南無無辺行菩薩（なむむへんぎょうぼさつ）

南無上行菩薩（なむじょうぎょうぼさつ）

南無多宝如来（なむたほうにょらい）

南無妙法蓮華経（なむみょうほうれんげきょう）

南無釈迦牟尼仏（なむしゃかむにぶつ）

南無浄行菩薩（なむじょうぎょうぼさつ）

南無安立行菩薩（なむあだちぎょうぼさつ）

中文译诗

不畏风雨

不畏雨

不畏风

不畏寒雪与酷暑

保持身体健康

不贪欲　也不嗔怒

保持安静的微笑

每天糙米四合

再食味噌和野菜少许

面对人间万事

排除己念　不先入为主

仔细观察　耐心聆听　了解世事缘故

并记于心

在原野松林的树荫下

寻得一处栖居的茅草屋

东边若有孩子生病

我就前去照顾

西边若见母亲劳累

我就帮她扛起稻束

南边若有人不幸病危
我就前去探望　跟他说：不要恐怖
北边若起争执和诉讼
我就前去劝解　跟他们说：这很无聊　莫起冲突
干旱时节我会落泪
冷夏之季我会痛苦
虽然这样会被说成是傻瓜
也不会有人给我奖励或鼓舞
但我并不以此为苦
我想成为的
就是这样的人

南无无边行菩萨
南无上行菩萨
南无多宝如来
南无妙法莲华经
南无释迦牟尼佛
南无净行菩萨
南无安立行菩萨

释文

阅读日本现当代诗歌，充斥着战争、死亡、痛苦与虚无。这些是战后的荒原特色。其后的诗歌整体转入一种狭隘的自我书写。身体、性和内向的反抗带有黑色调侃和幽默。诗在寻求自我的责任和突破，也成为自身的负担。但《不畏风雨》这首诗却代表一种独特的诗风，自成美学体系，又浑然天成。

我尝试重译的这首原本不是诗、却成为经典名作的诗篇——《不畏风雨》，在日本国内外广为人知。可惜，广为流传的版本并不是原诗（非完整版）。回到这首“诗”的原典手稿，我们会发现，最后一段文字是一段诵经咒语，那么，我们所熟悉的前半部分则更像是一段发愿词。这并没有否定《不畏风雨》作为诗的位置以及其诗歌价值，反而赋予了这首诗之所以接近伟大的理由。《不畏风雨》已经超越了对一般诗歌在文学性和思想性层面的定位，而抵达了一种燃烧自我的宗教性和精神性，从而将人性升华（静观）为一种伟大的诗性。

就我的译诗而言，我侧重对诗意的还原，即从诗的发生学出发，以狄尔泰《体验与诗》所提供的“理解”的路径为方法，尽量还原到宫泽贤治（みやざわけんじ，1896—1933）在笔记本上誊写时的心态与定位：追求理想生活和诗意人生者自我的勉励。

因此，追求诗意的真切与统一，关注内在情绪的层次性，在语言上不过分追求形式之韵，而是长短、散韵结合。考虑到这种理想主义献身精神与佛教信仰之关系，故而增加佛教词汇的化用。前半部分直译，后半部分则是意译。其理由是，让诗成为诗。①

换言之，这首诗是诗性与宗教性的结合，是堪称伟大的文学作品。如上所述，这首诗不是在写诗（原本就是日记），而是在写一段发愿词，后面的一段话（南无无边行菩萨/南无上行菩萨/南无多宝如来/南无妙法莲华经/南无释迦牟尼佛/南无净行菩萨/南无安立行菩萨），恰恰是发愿词的结束语，这是佛教常见的经典结尾方式。

“そういうものに　私はなりたい”（可译为，“我想成为的，就是这样的人”，也可译为，“我要走下去的，就是这样的路”），这无疑是告诉我们以上的话是宫泽贤治写给自己的发愿词，是一种自我暗示和鼓励。

在发生学意义上，正因为它不是按照一首“诗”的方式而写的，所以才使其成为了不起的诗作——开拓了诗歌的边界和疆域，诗歌的背后有一颗决意为天下众生的幸福而自我奉献的伟大的（菩萨般的）心灵。

若是再深入讨论这个问题，我们可以看到这首诗不仅回归了诗歌的本源——作为巫师的咒语，而且回归了类似于语言大师乔姆斯基②眼中的语言的本质。乔姆斯基认为语言最重要的部分不是作为交流的工具，而是内在的思维形式（语言作为一种计算系统，减少了计算，增加了感知具有一种结构性的本质）。换言之，语言的本质用途不是交流，而是自我思考，是内向的精神存在形态。宫泽贤治的很多诗篇

① 除了被忽略的最后一段文字，我们还要注意的是这首诗多用片假名而没有完全对照日本汉字标记方式。就这一点而言，我想与宫泽贤治习惯奔走中思考问题有关，他急切地想要把内心的想法和节奏表达出来，于是我们看到，在靠近后面的部分出现了更多的片假名的书写方式。

② 艾弗拉姆·诺姆·乔姆斯基（Avram Noam Chomsky，1928—）是麻省理工学院语言学的荣誉退休教授。乔姆斯基的《生成语法》被认为是20世纪理论语言学研究上最伟大的贡献。

都有这个特点。如《春天与修罗》这部诗集，被宫泽贤治拒绝以诗歌命名，而主张整部诗稿都是他内心心像的素描，其意味或许即在于此——以诗的方式抵达语言的本质，也即人类存在的本质。

这首诗在语言及思想上所具有的东西及古今文化之融合的特色，限于字数，不复再言。要之，这首诗的美学特质之一就是越界，这几近是一种诗与文学的革命。

挨拶

壺井繁治

手は大きく
ふしくれだっ①ているほどよい
そんな手と握手（あくしゅ）するとき
うそはいえない
それはまっ正直（しょうじき）に働いてきた者の
まっ正直な挨拶（あいさつ）だからだ
しっかりやろうぜ、今年も！
僕の手と君の手とは
互いに固く握りしめながら
その言葉をかわす
それはありきたり②の言葉かも知れぬが
嘘（うそ）いつわり③のないこころからの挨拶だ

---

① ふしくれだつ：形容树木枝干表皮的疙疙瘩瘩，人的手骨节凸显，暗示劳动者的手粗壮有力。
② ありきたり：形容动词，通常，一般；常有，不稀奇。
③ いつわり：偽り，虚假的、虚伪的。

中文译诗

寒暄

手掌很大

坚实有力

与这样的手相握的时候

不能说谎

因为　这是来自踏实劳动者的

真诚问候

我们相互鼓励：

今年也要努力奋斗！

我的手与你的手

紧紧握在一起

这虽然是普通的寒暄

但出自诚挚的心头

释文

壶井繁治（つぼいしげじ，1897—1975），因家贫从早稻田大学中退，后投身无产阶级运动，曾被捕入狱。1923年与川崎长太郎、冈本润等创刊《红与黑》（『赤と黒』），发表宣言书——《诗是炸

弹！》（『詩とは爆弾である！』）。二战后成为新日本文学会的领导人之一。诗风整体偏向政治性和社会性，也有许多如《寒暄》这样朴素的诗篇。

诗人著有诗集《果实》（『果実』，1946），《壶井繁治诗集》（『壺井繁治詩集』，1948）以及评论《抵抗的精神》（『抵抗の精神』，1949）等。

这首诗很普通。之所以选择它，或许出于对当下人类世界冷漠与虚伪的叹息，也或许是新冠肺炎的疫情依然严重影响着人类的生活，人与人身体的友好接触被严格控制，在冷漠（多半发自理性）世界中，作为个体的生命越来越被囚禁在孤独的内心。语言的沟通看似依然流畅，但没有人的肢体，语言似乎少了原本的力量。有时候许多逻辑的、诗性的语言都无法抵达世界的本意，就像看到哭泣的孩子，你需要语言的沟通和劝解，但他（她）最需要的或许是一个温暖的拥抱；而对于与你一起战斗、一起工作的同事，诚意的目光、强有力的握手，一定超越了语言的限度，触动我们的身体内部的一系列反应。

在日本发动对外侵略战争期间，即便如壶井繁治这样的左翼人士也被卷入战争体制，写下了许多歌咏战争的诗篇。因此，需要反思的不仅是诗人自身，也需要作为研究者的我们去思考战争中人性的坠落与扭曲。①

① 就我个人而言，最喜欢的是他在1944年写的一首反思战争的诗歌《熊》：虽然还是三月的途中／今天早晨却下起了罕见的大雪／穿上长靴／在雪中行走，咯吱咯吱／身后又留下大大的足迹／我在东京都的中心变成了一只熊／人呢？／人这种东西去了哪里？——笔者译

春

安西冬衛

てふてふ[①]が一匹韃靼(だったん)[②]海峡(かいけふ)[③]を渡って行った

中文译诗

春

一只蝴蝶　飞越鞑靼海峡

① 蝴蝶发音为“ちょうちょ”，多为孩子对蝴蝶的称呼。
② 韃靼，在汉语语境中多指明朝对东蒙古人的统称。有时候也指鞑靼人（Tartars），即历史上在东亚地区生活的族群，主要使用蒙古语、通古斯语、突厥语。此外，居住在蒙古高原东部的操突厥语族的鞑靼人，源自室韦部柔然大檀可汗后裔及部民与白种人融合。
③ 鞑靼海峡，因鞑靼族而得名。鞑靼是俄罗斯人对中亚、北亚等许多游牧民族的统称。日本人称为间宫海峡。根据《尼布楚条约》，该海峡是中国的内海。但在第二次鸦片战争期间，俄国逼迫中国签订《中俄北京条约》，将该海峡据为己有。日俄战争后，俄国将南萨哈林地区割让给日本，该海峡南部成为两国边界。第二次世界大战之后，该海峡又被纳入苏联的领土范围。此处以“鞑靼海峡”替代当时通用的“间宫海峡”之称谓，效果在于超越“当下”平面、静止的时间，而增加了流动的历史之维，飞越这一行为也具有了抽象的意味与丰富的意象效果。因此，飞越的不再是单纯的空间意义上的海峡，而是包含了东北亚交错的历史空间。

释文

这是一首十分出名的短诗，也是安西冬卫（あんざいふゆえ，1898—1965）的代表作。

“てふてふ”，蝴蝶的文言假名表达方式，让读者联想蝴蝶翩翩起舞的轻柔之姿以及翅膀扇动空气的声息，并与后面的“韃靼”汉字标记方式形成有趣的互文与对照，营造出历史与现实模糊的、浪漫的联想和氛围，既构建出巨大的叙事的张力与空间，又充盈着时间的流动感。而激活时间流动的是一只弱小的蝴蝶。需要注意的是，诗中的动词使用了过去式“た”，或是蝴蝶飞逝后，触发了作者杳渺的感动和想象而成的诗作。但此处的过去式，并不着意强调动作的完成，更应理解为由此动作牵动出的一种微妙而又巨大的变化，是一种发自内心的惊讶和喟叹。

对这首诗的解读有很多。一般都注意到蝴蝶的渺小、纤细与海峡的坚硬、壮阔，形成视觉上的强烈对比，但少有注意到诗歌内部时间的因素（以空间呈现、扰动时间进而构建一个独立的艺术想象世界，这个世界的主角不是那只飞蝶，而是诗人想象的自身）。张承志先生在《文学是日本人远离大国梦的脚印》中曾言：

> 现代派诗人安西冬卫的一句诗——“蝴蝶一只渡过了韃靼海峡”（てふてふが一匹韃靼海峡を渡って行った），涉及却遍布于日本在日俄战争（一九〇五）大胜之后整整一个时代的殖民地建设、海外雄飞、文学兴旺，以及其中的知识分子精神。

以诗歌与现实之间的互文关系为切入点，是一种常见的阐释方式。笔者也曾就夏目漱石汉诗中的“鞣鞨”一词与日本海外拓殖的关系进行过探讨。但今日看来，诗歌中的真实有时更多指向一种内心的真实而非外部世界的经验。康德在哲学上早已证明，所谓的真实，只是我们经由主观感受到的真实。世界，对我们来说实为我们主观意识到的世界。现代的生命科学、物理科学等也不时提示我们，所谓的现实世界只不过是主观化的世界，是真实世界在我们意识中的曲折（非真实）反映。因此，在休谟、康德，特别是尼采、弗洛伊德、柏格森之后，西方的现代艺术中的真实更多来自人的内部主观之真实，而非外部历史抑或事件本身。

因此，就本诗的解读而言，本文不拟就此诗的历史背景做实证的分析，但毫无疑问的是，飞越鞑靼海峡的那只蝴蝶，不是实景，而是诗人隐喻的自我、想象的自身。若是联系到本诗创作于诗人切除右足、病卧在床的情景，那只奋力起舞的蝴蝶，就更带有不屈服的生命意志的意味了：辽阔海峡的一边是广袤的大陆，一边是岛国日本；一边是旧历史，一边是新世界；一边是小职员，一边是大事件。在风云激荡的海面上，在怒涛拍岸的浪潮中，在苍茫无际的天空下，一只轻柔的蝴蝶，奋力地飞……

诗人自身对这句诗做过一番解释：“蝶”也是安西家的家徽图案。

就中文的翻译而言，有两个棘手的问题：

其一，原诗日文诵读以假名标记为：てふてふがいっぴき／だったんかいきょうを／わたっていった。

意象与声音（如蝴蝶舞动翅膀的形象）、时间与空间巧妙的互动关系多在促音的连用所产生的节奏与律动中实现。这一点在汉语中很难找到对应。

其二，诗句以动词过去式结尾。目前的中译均以过去时态进行翻译。但此处却非着意表达过去，而是意在咏叹。

初读这首诗，是在北京开往大连的Z79次列车上，时间是2018年10月。我曾创作一首诗歌名为《Z79次列车》，在诗歌的结尾处，写道：黄海和渤海的交汇处，一只蝴蝶飞越鞑靼海湾。

草にすわる

八木重吉

わたしの　まちがいだった

わたしの　まちがいだった

こうして　草にすわれば　それがわかる

中文译诗

坐在草地上

我　错了

我　错了

坐在　草地上　我明白了

释文

八木重吉（やぎじゅうきち，1898—1927），一位诗风朴素的诗人，和中原中也等许多近代诗人一样，不到三十岁便英年早逝了。他为诗而生，不是为了写作而写作，而是因为活着而写诗，诗歌即是他的生命。①

他的诗歌和基督教的“告白”有着同构性，既继承了日本短歌的抒情传统，也契合了东方特别是中国诗歌古典美学的意趣和空灵，某些作品抵达了人与自然的应和（感应与和谐）。这些素朴、纯真而又意蕴丰富的作品，对于当下欲望统摄一切的人类世界，有着无比珍贵的价值。

八木重吉，1898年出生于东京南多摩郡堺村（今东京都町田市相原町）的农家。东京高等师范学校英语科毕业，后在千叶县东葛饰中学（今千叶县立东葛饰高等学校）、兵库县御影师范学校担任英语教员，在校时开始参加教会活动。1919年，21岁时八木重吉接受了富永德磨牧师的洗礼。后来，在内村鉴三的影响下，他开始不去教会转而独自追求内心的信仰。22岁时与14岁的登美子（1905—1999）相遇，三年后结婚，并开始热衷于诗作。1925年，发行了生前唯一一部诗集《秋之瞳》（『秋の瞳』），随被诊断为肺结核。一边疗养，一边准备诗集《贫穷的信徒》，1927年病逝，时年29岁。逝世后，《贫穷的信徒》由朋友协助出版。值得一提的是，登美子于1947年和歌人吉野秀雄结婚，并在吉野秀雄的帮助下，出版了《八木重吉诗集》

① 八木重吉曾言：“生きることが詩、詩を書くことが生きること。”

（1948，创元社）。后刊为《八木重吉全诗集》全2卷（筑摩文库）。

本诗选自诗人生前的第一部诗集《秋之瞳》，其中共收录117篇作品，有人将之分为三个类别：生活、心境感悟的诗篇，40篇；箴言类的思想、警喻等断章诗，41篇；其他类，36篇。学界一般认为其作品多为基督徒的信仰独白，但笔者看来，这一通行的评价在揭示一种事实的同时，也遮蔽了诗人另一种真实。

八木重吉的诗作没有长篇，多是寥寥数行的短诗。这一简短的形式和片段化、印象式的创作思绪是一致的，而内容和主题的相近，也与诗人努力将诗视为一种自我净化的路径是一致的。此外，诗歌的主题和内容与基督教的"告白"与"忏悔"也有着密切的关系。

而在诗集《贫穷的信徒》中，八木重吉更加注重内心瞬间的感受性，与其说这是基督教信仰带来的一种风格，莫如说是他更注重、转入敏感而脆弱的内心生活的结果。由于身体与精神的因素，晚期的作品充满了生命的孤独感、死亡带来的压迫感，并与他简单朴素的文字和结构形成一种艺术的张力。如《虫》：

虫儿不停地鸣叫
仿佛　现在不鸣就没机会了
这般不停地鸣叫
到这儿　不由地落下泪来

与之相类似的还有被称作生前遗作的《雨》[①]：

① 《雨》和《虫》均为笔者译。

听到雨的声音
下雨了呀
像雨声那样悄悄地为这个世界工作吧
像雨那样悄悄离开一样静静地消失吧

回到这首《坐在草地上》。这首诗让我想到张枣的成名作《镜中》。与张枣这首名作相比，八木重吉的诗作似乎过于单调，但即便如此，两者也有很大的可比性，最重要的一点是在人与自然一体的立场上，以现代诗歌重返古典。轻灵跳跃、融汇古今，以美消解现代性内在的专制与冰冷。

在张枣的名作中，核心审美意象是开篇一句：只要想起一生中后悔的事，梅花便落满了南山。其后的延宕，皆由此铺陈。而八木重吉的《坐在草地上》并没有彰显太多的野心，也无炫耀的痕迹。其审美与构思，却可媲美张枣诗作《镜中》开篇之句。

水の精神(こころ)

丸山薫

水は澄んでゐ[1]ても
精神ははげしく思ひ[2]惑(まよ)つ[3]てゐる
思ひ惑つて揺(ゆ)れてゐる
水は気配を殺してゐ[4]たい
それだのにときどき声をたてる
水は意志を鞭(むち)で打たれてゐる
が匂ふ[5]　息づいてゐる
水はどうにもならない感情がある
その感情はわれてゐる　乱(みだ)れてゐる
希望が失(な)くなつてゐる
だしぬけに[6]傾く　逆立(さかだ)ちする
泣き叫ぶ　落ちちらばふ[7]ともすれば
そんな夢から覚める
そのあとで　いつそう侘(わび)しい色になる
水はこころをとり戻したいとしきりに禱(いの)る

---

① ゐ：现代假名"い"。后面情况如是，不再单独注释。
② 思ひ：思い。后面情况如是，不再另做注释。
③ つ：相当于现代假名标记促音的"っ"。以下如"じつさい""いつたい"等用语中的"つ"，都是这个意思。
④ 気配を杀す：屏住气、屏息。此处为克制、压抑自己的不安情绪。
⑤ 匂ふ：匂う。
⑥ だしぬけに：突然站立的样子，意想不到的事物突然出现或发生。
⑦ ちらばふ：散りぼふ。

禱りはなかなか叶へ[1]てくれない

水は訴へ[2]たい気持で胸がいつぱいになる

じつさい　いろんなことを喋つてみる

が言葉はなかなか意味にならない

いつたい何処から湧いてきたのだらうと疑つてみる

形のないことが情ない

軈て憤りは重つてくる　膨れる

溢れる　押さへきれない

棄鉢[3]になる

けれどやつぱり悲しくて

自分の顔を忘れようとねがふ[4]

瞬間　忘れたと思つた

水はまだ眼を開かない

陽が優しく水の瞼をさすつてゐる

---

① 叶へ：叶え。
② 訴へ：訴え。
③ 棄鉢：想不通，自暴自弃。
④ ねがふ：願う。

中文译诗

水之心

清澈之水
内心挣扎着困惑
困惑激荡
水屏住呼吸　想要抑制这份心绪
却还是不时发出声响
水鞭打自己的意志
呼出气息　吐出清香
水的情感　不为自己所知
这份情感分裂　迷乱
希望慢慢流失
顷刻翻转　倒流
突然哭叫　坠落地上
从噩梦中醒来
水　陷入更深的寂寞
回到我心原初的样子吧　水祈祷着
祈祷却总归沮丧
水的情绪激荡　在胸口无处安放
其实　它常常自言自语

却毫无意义
水　开始怀疑自己　我到底来自何方?
无形的身体　是一种残酷的事
这一事实积攒愤怒　无法抑制
自暴自弃　泛滥　膨胀
可悲哀依旧　它努力遗忘自己
就在此刻——它想起了曾经的过往
水还没有睁开眼睛
阳光就轻吻了它的脸庞

释文

丸山薰（まるやまかおる，1899—1974），大分县人，后移居爱知县丰桥市。从东京帝国大学退学，专心创作诗歌，在第三高等学校期间与桑原武夫、三好达治、梶井基次郎等交好。

1934年，丸山薰和堀辰雄、三好达治一起创刊诗歌杂志《四季》，回归传统抒情诗，形成“四季派”潮流，还被认为是日本昭和时代抒情诗坛的中心人物之一。

这首诗选自诗集《鹤的葬礼》（『鶴の葬式』，1935）。这是一首以水拟人的抒情诗，也有学者认为这是一首带有里尔克风格的象征主义诗篇。

水，是哲学和诗人的最爱，文学史上也留下了诸多关于水的譬喻和赞美。即便如此，这篇作品也显得十分独特。原因大概在以下几个方面：

第一，以即物的方式临摹、象征内在变幻的情绪和意志的世界。水的姿态和变化，形象而生动，看似是一种写实主义，实则捕捉、临摹的是诗人内心主观世界的愁苦、激动、欢愉和平静之感受。

第二，灵动语言和自由诗歌节奏的把控与克制十分到位。如多次以“る”的词尾停顿、结句，贴合水的缓急、漩涡与暗流，恰似一条蜿蜒曲折的河流，在阻塞、回转和泛滥中奔流不息。

第三，语言无法抵达意义。我们无法获得确定的形体。这指向了现代人内心焦虑和不安的根源，以水的变动不居，言说现代人精神无根源的生存实态。

最后，结尾处的描写带有救赎的温度。阳光或是上帝的目光，或是命运的希望，但“水还没有睁开眼睛”，诗人期待的很可能是人类自身觉悟后而生发的暖意。

诗人在国内较有名的诗作还有《雪越下越厚》《走向未来》《河湾》等，均有译本，但似乎再次印证再好的译本也无法替代原诗这一事实，特别是诵读原诗时产生的韵律。

大阿蘇①

三好達治

雨の中に馬がたつてゐ②る
一頭(いっとう)二頭(にとう)仔馬(こうま)をまじへた馬の群(む)れが
雨の中にたつてゐる
雨は蕭々(せうせう)③と降つてゐる
馬は草をたべてゐる
尻尾(しっぽ)も背中(せなか)も鬣(たてがみ)も　ぐつしよりと濡れそぼつて④
彼らは草をたべてゐる
草をたべてゐる
あるもの⑤はまた草もたべずに
きょとんとしてうなじを垂(た)れてたつてゐる
雨は降つてゐる　蕭々と降つてゐる
山は煙(けむり)をあげてゐる
中岳(なかだけ)⑥の頂きから　うすら黄(き)ろい
重(おも)つ苦(くる)しい⑦噴煙(ふんえん)が濛(もう)々とあがつてゐる
空いちめんの雨雲と

---

① 有的译为“大阿苏山”，实际上日本并无“大阿苏”这个地名或山脉。此处泛指广袤的大自然。读音为“オオアソ”。
② ゐ：现代假名“い”。后面情况如是，不再单独注释。
③ 蕭々：格调高雅的汉诗文表达。也有标注为“せうせう”，似乎更具古意，但“しょうしょう”更有下雨拟态描述的效果。
④ 濡れそぼつて：原形为自动五段动词“濡れそぼつ”。意思是淋湿了、湿透了。该诗强调一种自然的生存态度，因此雨淋透了的意象和马安静地吃草形成有意味的映照。
⑤ あるもの：有的马匹。
⑥ 中岳：阿苏五岳之一，海拔1506米，是活火山。
⑦ 重つ苦しい：沉闷的、沉重的。这是内心情绪的风景，非外部实写。

やがてそれはけぢめもなしにつづいてゐる

馬は草をたべてゐる

艸(くさ)[①]千里浜(せんりはま)のとある丘の

雨に洗は[②]れた青草を　彼らはいつしんにたべてゐる

たべてゐる

彼らはそこにみんな静かにたつてゐる

ぐつしよりと雨に濡れて　いつまでもひとつところに

彼らは静かに集つてゐる

もしも百年が　この一瞬の間にたつたとしても

何の不思議もないだらう[③]

雨が[④]降つてゐる　雨が降つてゐる

雨は蕭々と降つてゐる

---

① 艸：同“草（くさ）”。
② は：读作“わ”。
③ だらう：だろう。
④ 注意此处的“雨が”，在其他部分使用的都是“雨は”。祖发兄言：“あめが”应和前一句的句意相连，上一句讲百年也不过一瞬，下一句即出现“雨一直在下”。也就是说，作为自然现象的风雨，亘古不绝。淫雨霏霏本身即构成一曲风物诗，马儿吃草、云雾缭绕，都成了“雨”这一首自然静物诗中的存在。“あめは”这一句则是强调后面“潇潇雨落”这一情景。简而言之，“あめが”强调雨之存在，而“あめは”则提示潇潇落下的情景。

中文译诗

大阿苏

一群马　在雨中
有一两匹小马驹的马群　在雨中
雨落潇潇
马儿吃草
湿淋淋的马尾　脊背和马的鬃毛
马儿吃草
静静吃草
有的马儿　只是怅然伫立　低头吃草
雨落潇潇
山雾绕绕
中岳山顶升腾起淡黄的烟　将天空熏染
空中苍茫　烟雨萦绕
渲染　不停渲染
马儿吃草
被雨水淋湿的山丘和千里牧原
马儿吃草
它们认真地吃草
吃草

它们静静地站立
被雨淋湿的马群　安静吃草
百年时光　弹指间过去　也没有什么诧异
潇潇雨落　潇潇雨落
雨一直下　冷雨潇潇

释文

这是一首非三好达治（みよしたつじ，1900—1964）莫属的诗作，也是日本诗歌史上少有的佳作。

这首诗的特色在于以诗歌的方式作画，用时间和音乐的艺术表达空间和绘画的美学。诗歌中的故事性极弱，时间近乎静止，诗人所要表达的是一种超越性的存在，那就是大自然中的生命运动本身。

这首诗出现了三种相互联系的自然界现象：天空下着雨，马儿吃着草，火山喷着烟雾。它们共同构图为一幅名为自然的画卷。

一般来说，马匹是奔跑的，在诗歌中则是静止的、专注于吃草或怅然若失地站着；山是静止、矗立不动的，但在诗中却喷发出烟雾，和天空连成一体；烟雾是向上的运动，与此相对，雨是从天空坠落的运动，将天空和大地、草原连在一起。而作为诗歌的中心意象，马和马驹，被自然养育，默默地接受着大自然给予的一切，无论生还是死。这首诗虽小，但充盈着壮阔无垠的时空感、绵延不绝的生命意识，是一首歌颂自然之美的抒情曲，在岛国日本的诗坛，此诗风韵独具。

另需注意的是，上面的世界，是排除了人类的世界。在火山顶上高高远眺的不是人类，而是超越性的视角，是上帝，是造物主抑或是飘浮的云（自然本身）。或许，没有人类的世界才是一个真正美好的世界，一个充满诗意的世界。

这首诗最初发表于1937年的《杂记帧》（『雜記帖』），后收入1939年出版的诗集《春之岬》（『春の岬』），二战后入选日本的小学国语教科书。

除了上述特色之外，这首诗的手法也颇为娴熟，如通过用语的变形，达到复调的抒情和节奏的流动而多以“てゐる”结尾，不仅起到了音乐性的效果，也增强了抒情性，且呼应了时空广袤、永恒的主题。

瞰下景

北川冬彦

ビルディング[①]のてつぺん[②]から見下ろすと
電車・自動車・人間がうごめいてゐ[③]る

眼玉(めだま)が地(じ)べた[④]へ[⑤]ひつつき[⑥]さうだ[⑦]

中文译诗

俯瞰之景

从大厦的顶部望下去
电车・汽车・人类都在蠕动

眼球被紧紧抓住
就像粘在地上

---

① 钢筋混凝土建构的近代建筑，日本大正时代开始流行的新词汇。结合题目和内容，此处翻译为大厦。
② てつぺん：建筑的房顶。
③ ゐ：い。
④ 地べた：俗语地面的意思。
⑤ 有的版本为助词“に”，但“へ”更加具有一种临场感和运动感。
⑥ ひつつき：粘住、黏上。
⑦ さうだ：そうだ。以《亚》为核心的日本现代主义诗歌流派，注重印象式视觉的感受，多用そうだ、ようだ。

释文

这是一首描写1923年关东大地震发生时的场景的作品，作者北川冬彦（きたがわふゆひろ，1900—1990），日本短诗诗人、散文家和电影评论家。

他年少随打工的父亲来到中国大连，在旅顺读完中学，考入东京帝国大学法语系。1924年与好友安西冬卫、三好达治等在大连创刊诗歌杂志《亚》，后又创刊《面》，致力于短诗和新散文运动。后出版先锋诗集《三半规管丧失》（1925）和《体温计》（1926），成为先锋诗人。1928年参与创刊影响颇大的《诗与诗论》，1929年出版诗集《战争》。其诗歌具有前卫性和实验性的特点，诗歌中的反战精神也为中日评论界所津津乐道。

在笔者看来，北川冬彦诗歌中的反战因素固然是不容忽视的一个部分，但其诗歌创作不是为了反抗战争，而是审视现实给个人带来的压迫与规约，反思建立在西方工具理性之上的近代国家制度。因此，他和安西冬卫等人开创的现代主义诗歌的一大特点就是否定抒情性和音乐性（可听的音韵）诗歌，而肯定立体真实的视觉化诗歌（可视觉化的意象）以及可思考的内涵。

如他的名作《马》，诗文只有一句："军港是它的内脏。"

作为陆地奔跑的动物马与军港有何关系呢？马的内脏里怎么会有军港呢？读完此诗，就会留下许多疑惑，迫使我们去思考。或许可以从历史实证的立场去考察诗人创作的背景，找到诗人对此诗创作的回忆。如某位学者根据诗人的回忆，主张此诗源于在旅顺203高地的一次经历：一匹马经过，马的肚子正好挡住了诗人眼中的军港。由此回忆的映像出发，诗人以暗喻的手法创作了此诗。但这不是思考诗歌的唯一的方式，我们也可以回到诗歌本身，回到诗歌的语境。如池田克己认为，这一奇怪的构图暗示军国主义的秘密。伊藤信吉虽然认为参考诗人的回忆等并不能注解诗歌本身，但他认为内脏的暗影表达了对军国主义的厌恶。北川冬彦的好友梶井基次郎（1901—1932）在1929年为诗集《战争》所写的评论中，主张这首诗的结构是基于对“物质不可侵犯性”的无视。这往往是立体主义画家的动机。立体主义（Cubism）起源于20世纪初的法国，是西方现代艺术史上的一个运动流派，又译为立方主义。立体主义的艺术家追求碎裂、解析、重新组合的形式，形成分离的画面——以许多组合的碎片形态为艺术家们所要展现的目标。或者换句话说，立体主义以及由此引发的西方现代主义艺术流派都有一个共通的特质，那就是以主观的真实替代外部的客观真实。这无疑有着康德、尼采、叔本华和弗洛伊德等关注人类内心意志的哲学和思想的痕迹。

梶井基次郎在立体主义的视域中还发现《马》与这首《瞰下景》同构的匠心：

> 从来没有人把从高处往下看的感觉表达得如此生动。是什么赋予了这种生动性？这是由于他无视所谓“眼球被紧紧抓住，就像粘在地上”这样的空间。通过这种表现方法，他能够表达感知或感觉上的速度。我认为，这是在后来《马》等作品中所抵达境界的一个开端。它不是一种幻想，而是一种真实的感觉，或者说不是一种真实的感觉，而是一种表达真实感觉的手段——在最后阶段，它形成了一种作品，其中

> 的手段本身唤起了一种真实的感觉，这种感觉以前从未在人脑中出现过。最后，“主宰对象并把它带入独立的世界”的诗指的正是这个阶段。北川冬彦的《马》让我们想起了立体派。这绝不是“毫无理由”的。[①]

总的来说，这首诗颇具立体主义风格。与这一技法相比，这首诗的思想内涵难以固定化，我们更无法断定其为一首反战的诗。与反战与否相对，立体主义对整个外部现实都是持有不信任的态度的。

---

① 参考网址：https://www.aozora.gr.jp/cards/000074/files/3565_24933.html。中文译文为笔者译。

鹿

村野四郎

鹿（しか）は　森のはずれの
夕日（ゆうひ）の中に　じっと立っていた
彼は知っていた
小さい額（ひたい）が狙（ねら）われているのを
けれども　彼に
どうすることが出来ただろう
彼は　すんなり①立って
村の方を見ていた
生きる時間が黄金（おうごん）のように光る
彼の棲家（すみか）である
大きい森の夜を背景にして②

---

① すんなり：亭亭玉立，形容鹿的优雅，即便面对死亡。
② 该句字面意思是：以巨大森林的暗夜作为背景。实则描写了暗夜来袭，预示着死亡的迫近。

中文译诗

鹿

鹿　在森林尽头
一动不动　沐浴着夕阳
它已发觉
猎枪已瞄准了它小小的额头
然而　它
能做些什么呢？
它　优雅立于原地
向远方的村落张望
生命的时间发出黄金般的光芒
那是它的栖身之地
森林如巨大的黑夜
展开了翅膀

释文

出身诗（歌）人世家的村野四郎（むらのしろう，1901—1975），二战后成为日本现代诗会第一任会长，是日本现代主义诗歌的代表性人物。他成名的诗篇是他的第二部诗集《体操诗》（『体操詩集』，1939）。在该诗集的开篇，有一首名为"体操"[①]的诗作：

我没有爱
也没有权力
我只是白色衬衫的个体
我解体　组合
与地平线交叉

我无视周围的一切
周围却一起看着我
我的喉咙是笛
我的命令是声

我翻转柔软的手臂
深深呼吸
一朵玫瑰
插入我的形体

① 中文译诗为笔者译。

村野的《体操》带有新写实主义（新客观主义、新即物主义）的特色，灵感源于观看1936年柏林奥林匹克运动会的比赛。而这一思潮来自德国的现代主义思潮，倾向于淡化情感而追求客观写实的美学。

相较于诗人早期带有实验性的现代主义诗篇，《鹿》这首诗显得纯粹而摄人心魄。若没有战争这类极端死亡体验的人，很难写出这样的作品。而对于没有直接战争体验的读者来说，进入这首诗的意境也颇为困难。不过，这样的镜头常常出现在现代战争电影中，寓意着一种对战争的反思，人性沉沦的挽歌，抑或一种生命意识的觉醒。鹿，作为隐身深林的食草动物，灵动而敏感，是和平与美的象征；而枪，是死亡，是猎杀，是永远的黑暗，是人性的贪欲和堕落。

或许，诗人在此抛给世人一个巨大的追问：倘若我们的家园被巨大的黑夜袭来，我们能做些什么？！

皿

高橋新吉

皿皿皿皿皿皿皿皿皿皿皿皿皿皿皿皿皿皿皿皿

倦怠(けんたい)

額(ひたい)に蚯蚓(みみず)這(は)ふ①情熱

白米色のエプロンで

皿(さら)を拭(ふ)くな

鼻の巣(す)の黒い女

其処にも諧謔(かいぎゃく)が燻(く)すぶつてゐる

人生を水に溶(と)かせ

冷めたシチューの鍋(なべ)に

退屈(たいくつ)が浮(う)く

皿を割れ

皿を割れば

倦怠の響(ひびき)が出る

---

① 這ふ：趴着前进，古语，四段活用自动词。

中文译诗

盘

盘盘盘盘盘盘盘盘盘盘盘盘盘盘盘盘盘盘盘盘

倦怠

额头上的激情　如蚯蚓蠕动一般

米白色的围裙不要再

擦拭菜盘

鼻孔暗黑的女人

此处也熏烤着谐谑

人生在水中溶解

冷却的炖锅里

有无聊浮现

快打碎瓷盘

碎了就会

发出倦怠的声响

释文

一战结束，人们普遍怀疑政治的正确性和权威，甚至对宗教、思想等既有的一切秩序产生不满和否定的情绪，并对艺术自身也产生无力感。于是，以欧美年轻艺术家为中心的新生代力量开启了现代艺术之路，出现了很多艺术流派，如未来派、达达主义、立体派和表现主义等。这些艺术和思想潮流，也波及日本，并催生了相应的艺术活动。如在诗歌领域出现“新兴诗运动”，主张全面否定传统诗歌的语言表达和审美，试图掀起一场诗歌界的革命。

这首诗是日本达达主义诗派的开创者之一高桥新吉（たかはししんきち，1901—1987）的代表作，出自他的诗集《达达主义者新吉之诗》（『ダダイスト新吉の詩』，1923）。作者时年22岁，但他已成为一个十足的“无耻之徒”。若是他还活着，他或许不会因将其呼作“无耻之徒”而恼怒，但一定会因为看到“日本达达主义诗派开创者之一”的字样，而跟我干起架来。在一个将“唯我独尊”信奉为人生哲学的家伙眼中，日本的达达主义第一人非他莫属。据说，在他27岁那年，当着萩原朔太郎等人的面，冲入送别日本英文学者辻润（つじじゅん，1884—1944）赴法的欢送会，叫嚷着：“辻润抢了我作为日本达达第一人的头衔，还给我，混蛋！”①

不过，犹如《红高粱》中的高粱酒，正是这种“匪气”酝酿了一种特殊的气息，让其诗歌有了一种烈性的破坏力，并由此塑造了高桥新吉作为现代诗歌“革命者”的形象。

---

① https://designroomrune.com/magome/daypage/01/0110.html。

这首诗语言破碎、形式无序，内容也很无聊，名为《盘》，实则是以诗人自身的无聊和倦怠感为对象而写的文字。据说，这首诗源自诗人自身的生活体验——他曾长期在底层生活，也做过洗碗工。在一个旧的制度已然崩坏，而新的秩序尚未确定之际，对底层的年轻人而言，无所畏惧或许是他通往成功的唯一可能吧。

这首诗在刊出以后，由于形式、语言和构思的“新意”，受到很多年轻人的追捧。若干年后，这种新意的“破坏力”也震撼了十六岁的中原中也，并在中原那里成为更加成熟的艺术能量。

有人说，高桥新吉文字中有禅意和哲学。对于21世纪的人来说，或许更看重的应该是他敢于探问自己内心深处的勇气，敢于面对自己作为“情欲”的生命本体。

歌

中野重治

お前は歌ふな①

お前は赤まゝの花やとんぼの羽根(はね)を歌ふな

風のさゝやきや女の髪の毛の匂ひを歌ふな

すべてのひよわなもの

すべてのうそうそ②としたもの

すべての物憂(ものう)げな③ものを撥(はじ)き去れ

すべての風情(ふぜい)を擯斥(ひんせき)せよ

もつぱら正直のところを

腹の足しになるところを

胸先(むねさき)を突(つ)き上げて来るぎりぎりのところを歌へ

たゝかれることによつて弾(は)ねかへる歌を

恥辱(ちじょく)の底から勇気をくみ来る歌を

それらの歌々を

咽喉(のど)をふくらまして厳しい韻律(いんりつ)に歌ひ上げよ

それらの歌々を

行く行く④人々の胸廓(きょうかく)にたゝきこめ

---

① 终助词“な”通常有两种用法：表示命令的“な”和表示禁止的“な”，两者接续法不同，前者接连用形，后者接原形。此处为第二个意思。另，“な”前面的“ふ”，即现代假名“う”。
② うそうそ：不安地走动、态度不明朗以及事物情状不明确等。此处也有犹豫和迷茫的意思。
③ 物憂げな：无精打采的、厌倦的。
④ 行く行く：在走着，行动着。此处有革命者的意思。

中文译诗

歌

你不要歌唱
那红色的花朵　蜻蜓的翅膀
你不要歌唱
那轻风的细语　女人的发香
你不要歌唱
一切软弱的事物
一切不安与迷茫
丢下所有忧伤
放弃所有幻想
那些正直的灵魂
那些充饥的食粮
那些喷涌而出的　胸口的岩浆
——才值得我们歌唱！
我们要歌唱
面对压迫勇敢地反抗
从屈辱的内心生长出的力量
这样的歌
韵律铿锵　歌声嘹亮

歌唱吧

我们要让这样的歌声

回响在行动者的心房

释文

中野重治（なかのしげはる，1902—1979）是20世纪日本最具名望的无产阶级文学家、理论家。东京帝国大学德文系毕业，日本普罗文学的代表性人物。曾当选全日本无产者艺术联盟中央委员，亦是战后新日本文学会发起者之一。

这首诗出自《中野重治诗集》（1931），且以歌的形式出现，属于战斗者之歌，而非当下流行的靡靡之音。诗，应该卓尔不群，应该表达愤怒和怀疑。当下一切都可以被商品化，即便愤怒和怀疑也被制作、包装、流通成为一种消费品。更有甚者，还有很多人用诗歌粉饰太平，成为精神鸦片的毒贩子。正因如此，（或有矫枉过正之嫌疑）这首诗歌才获得了重新被解读的契机。

我不想将诗人以及这首诗简单归为无产阶级文艺的范畴，或许将之归为现实主义风格的平凡者之歌更为恰当，这和当下流行的《平凡之路》所代表的小资产者的煽情与懦弱不属于同一个世界。

何为诗？何为歌？对于每个人来说，或许有不同的答案，但对于思考者来说，诗与歌不是向现实生活的苟且，也不是对现实丑恶的遮蔽。正视我们人性的软弱，面对世界的荒诞，我们应该呐喊还是沉默？

这依然是一个问题。在这一点上，我还是比较钦佩崔健的摇滚，不是因为艺术，而是因为他的歌曲中有一种超越艺术的东西。或许，这就是直面现实的丑恶而又不与之妥协的勇气。

積もった雪

金子みすゞ

上の雪
さむかろな
つめたい月がさしていて

下の雪
重かろな
何百人ものせていて

中の雪
さみしかろな
空も地面もみえないで

中文译诗

积雪

上面的雪
你不冷吗
月亮冷漠地看着你

下面的雪
你不觉得重吗
千百人踩压着你

中间的雪
你不感到寂寞吗
你看不见天空　也看不见大地

释文

金子美铃（かねこみすず，1903—1930），本名金子照。1903年4月11日出生于日本山口县大津郡仙崎村（今长门市仙崎），大正末期、昭和初期的童谣诗人。1923年6月，她平生第一次以“金子美铃”的名字投稿，多发表在诗人西条八十参与主编的杂志中。其生前寂寂无闻（西条八十是她生前少有的知音），在她以自杀的方式结束短暂的生命之后，其作品也被后世遗忘。直到1984年，在多方的努力下，金子美铃手抄童谣诗集（512首）结集出版，才开始受到世人瞩目，作品入选日本中小学教材，并被翻译成多种语言，为读者所喜爱。

她的一生无疑是不幸的，不幸的婚姻，更有不幸的时代。读这首以其生存的悲哀为语境的诗，我们才会深刻地体会到她诗歌中的纯净、温暖和明亮的诗意。只体会到自己伤痛的是动物，能体会到他人痛苦的是人性，而可以感受万物之感受的则是圣洁的品性。金子美铃及其作品的高贵就在这里。

她的作品光色和音色都自然纯净、温暖透明，富有童趣和想象。但构造的简单并不意味着诗歌的不足，而说明了她的短小隽永。正如网友所论：“她的诗歌清新灵动中，闪烁着深刻的哲思，讲求韵律的同时富有童趣，洋溢着绚丽的幻想，充满对光明和美好的希冀。美铃的每一首诗都唤醒我们早已失却的天真和感伤，引领我们回到纯净而唯美的世界。”

金子美铃的诗歌翻译并不困难，她的诗歌从文字到情趣都是透亮的，只要忠实于原作这一特色，基本都可以做到“信”和“达”。至于“雅”，在此处可以理解为译诗有无形成自己的风格的问题，而这一点就取决于译者对翻译语言的理解和体悟了。在中国，金子美铃诗歌已有多个译本，翻译各有特色，基本忠实地体现了原作的特点，但细究起来，还有商榷的余地。

就这首《积雪》而言，也有多个译本。但已有译本要么没有将押韵贯彻到底，削弱了原作的抒情效果，要么将方位词翻译为“上层、中间和下层”太过书面化造成翻译语言的生硬，要么采用直译甚至硬译的方式处理（如将“つめたい月がさしていて”翻译为：冰冷的月光照着）而使诗的表述降格为散文的语言。也有顾及题目“积雪”，而将每段开头的“雪”都翻译为“积雪”的情况，而忽略了题目“积雪”是一种整体关照，统合全诗，没有必要画蛇添足。因此，笔者本着以诗翻译诗的原则，注重诗趣、诗意的传达，采用直译和意译结合的方式进行了一次尝试。而且，本诗并不简单，三个段落（上面、中间、下面）之间存在递进关系，最后一段所描述的“中间”而非“下面”的雪是构思使然，“中间的雪”的形象才是抒情的重点：除了雪，你看不到其他的世界。这不正是作为诗人的内心渴望更广阔的世界，作为女性的身体被困于生活与家庭的金子美铃本人吗？

她的名作还有很多，我喜欢的还有《我和小鸟和铃铛》《向着明亮的方向》《大渔》等。我还想提一下特别有意思的一篇作品《蜜蜂在花儿里》①：

蜜蜂在花儿里

---

① 原诗：蜂はお花の中に / お花はお庭の中に / お庭は土塀の中に / 土塀は町の中に / 町は日本の中に / 日本は世界の中に / 世界は神様の中に / そうして、そうして / 神様は、小ちゃな蜂の中に。中文译诗为笔者译。

花儿在院子里

院子在泥墙里

泥墙在大街上

大街在日本国

日本在世界里

世界在神灵那里

那么　那么

神就在小小的蜜蜂那里

不由让人想起法国诗人普列维尔（1900—1977）的《公园里》。

尚不能确定金子美铃是否受了后者的影响，但两者的构思的确有相似之处，都是浪漫主义的风格，都有科幻诗的气息，只是一个指向自然，一个指向爱情。想起无数个被时代巨兽所吞噬的女子，想起金子美铃这样善良、聪慧的女子的诗句，总让人不免感慨。有时候会想，若是她也能生活在文明开化的时代，或是与自己心爱之人有过浪漫之吻，不知道在她的笔下会出现怎样的美妙诗句？可是，即在此刻，悲哀袭来：她所处的时代不正是日本宣称的文明时代吗？

秋の夜の会話

草野心平

さむいね[①]

ああさむいね

虫がないてる[②]ね

ああ虫がないてるね

もうすぐ土の中だね

土の中はいやだね

痩せたね

君もずゐぶん痩せたね

どこがこんなに切ないんだらうね

腹だらうかね

腹とつたら死ぬだらうね

死にたくはないね

さむいね

ああ虫がないてるね

---

① 全诗以"ね"结尾，富有情景效果。在翻译时根据对话的推进和变化有所对应与转化。
② 日语中"なく"及其变形对应多种汉字标记，如"泣く・鳴く・啼く"等，原作使用了假名而回避汉字，利用了日文假名多义性的特点。

中文译诗

秋夜的对话

太冷了呀

是啊　太冷了

虫子在叫呢

是啊　虫子在叫呢

很快就要入土了呢

真不想入土呢

你瘦了呢

你也瘦了好多呢

总觉得很难受呢

是肚子饿了吧

饿肚子可能会死呢

不想去死呀

真冷呀

是啊　虫子在叫呢

释文

如题目所示，这是发生在深秋之夜的一场对话，主角是两只即将入土冬眠的青蛙。

作者草野心平（くさのしんぺい，1903—1988）被称为青蛙诗人，以“青蛙”为题写了很多寄托民众生活情感和生存体验的诗歌。

对青蛙这一诗歌主题的兴趣，据说他在中国岭南大学读书时（19岁）就早已有之。以青蛙为主题的诗集，分别为：《第一百步阶梯》（『第百階級』，1928）、《蛙》（『蛙』，1938）、《定本蛙》（『定本蛙』，1948）以及《第四蛙》（『第四の蛙』，1964）等。他遗留下来的一千余首诗作中还有230篇左右与青蛙相关。

这首诗选自其处女诗集《第一百步阶梯》，是该诗集中的开篇之作。本诗名为《秋夜的对话》，看似平常，却寓意深刻，不乏风趣和幽默。两只青蛙的对话有情绪化的迎合，也有理性扰动的苦痛漩涡。而那只（些）没有参与对话的虫子，又构成了一种立体的话语结构，支撑起这篇小诗所蕴含的“生存，还是毁灭？”这样的生命主题：以虫子为食物的青蛙在冬眠之前需要饱食才能争取存活的机会，但这也意味着虫子的鸣叫，或成最后的一首悲曲。因此，这里面也包含了关于宿命的意义。而将这份隐藏在日常表面之下对生命感悟与反思呈现出来的，正是本诗所在的位置。

这份秋夜的寂寥感，表达了人或生命主体者自身生存意志的觉醒和由此带来的不安。这份寂寥感属于时代，属于没有权力和资本加持的普通百姓，属于拥有一颗自然之心的诗人。

草野心平的诗心不仅体现在他的诗歌创作上，也体现在他对宫泽贤治的推崇与宣传上。在他和高村光太郎、宫泽贤治胞弟的共同的努力下，日本首次刊行了《宫泽贤治全集》（1969）。

1951年在诗集《天》（『天』）中，草野心平写下了世界上最短的一首诗《冬眠》：“●”。

上面那个大大的黑点，就是诗的全部，这无疑也是一首关于青蛙冬眠的诗歌，和《秋夜的对话》在主题和精神层面具有密切的关联性，我们可将其称为互文性文本。

换句话说，草野心平的诗歌内部关于青蛙的诗歌形成一个有机的互文性系统。这个系统向外链接着时代的脉搏和平凡者（甚至可以说是无产者）的日常生活，向内通往诗人的爱与执着。

草野心平不仅写青蛙面临“冬眠”时的不安（睡去/假死很可能会变成真死，未来将是永远的漆黑一团），也写到青蛙的生殖[①]，写到青蛙冬眠之后的苏醒：两眼微笑[②]。

---

① 原诗为《春殖》（『春殖』）：「るるるるるるるるるるるるるるるるるるるるるる」。拟态描写了青蛙产卵的情形。中文无法翻译。

② 两眼微笑，在日文中的标记为：「両眼微笑」，近似一个四字成语，源自汉语，意思没有变化。

摩周湖

藤原定

山峡の底で集中する意志が
水面をまるくし
しかも意志すべき何ものもない
高い放心の眼

その地の巨いなる眼から
百千の鋭い鳥が
さッと飛び立つかに見えた
が—小波がわずかにきらめいたにすぎない

沈黙の中で
あらゆる言葉を成熟させ
最初の微かな身振りで
一切を語り終える

その地の底深い眼の中へ
吸い入れられないために

カムイヌプリ岳[①]は

稜角で抗いながら個我に成る

① カムイヌプリ岳：摩周湖中心的岛屿，是土著居民阿伊努族的音译词，意思是“神婆之山”。摩周湖在阿伊努语中是“山神之湖”的意思，发音为“キンタン・カイム・トー”。

中文译诗

摩周湖

峡谷底部汇聚的意志
让水面变圆
而意志不露行迹
湖水似高处的茫然之眼

从那只巨眼中
千百只敏捷的飞鸟
倏而闪现
湖面泛起一点涟漪

沉默中
催熟所有的语言
最初的那个细微的动作
将一切说出

为了不被吸入
那只深不可测的巨眼里
卡姆依努扑力山

用棱角奋力对抗着　成为自己

释文

藤原定（ふじわらさだむ，1905—1990），日本诗人、评论家、翻译家。生于福井县敦贺市。在法政大学文学部哲学科师从三木清、谷川彻三。曾在南满洲铁道调查部工作，1944年出版处女诗集《天地之间》，战后回到法政大学任教。1980年诗集《环》获得世人俱乐部奖，1990年诗集《言语》获得现代诗人奖。

这首诗具备现代诗的特色，以哲思之眼观察、解析目之所及的世界。摩周湖无疑被人格化了，也被象征化了。它既是自然的产物，也是历史的生成物，更是一种具有某种自由意志的巨大的生命体。

第一段，讲的是摩周湖的形成。其形成是自然界强大能量的勃发，却也遵循着道行无迹的规律。这个世界是一个巨大的能量场，愈是具有根本性力量的事物，其自身愈是安静而不落痕迹，比如时间，比如自然本身的生命力。

第二段，喻指世界上两种运行法则即动与静（以及与此相关的事物的两种显现方式：短暂与悠远）的相互关系，敏捷的飞鸟掠过湖面，转瞬即逝；而自然的代表物摩周湖却显得安静而久远，两者比照形成了巨大的时空张力。

第三段，将视角向后推进，直到世界生成的那一刻，正如宇宙的起点，没有任何属性，包括时空。于是，世界尚未生成，概念也未曾出现，人类和语言尚在无的状态。世界及其运行的方式（我们可理解为“道”）是沉默的，不可想象也不可描述。但在“无”的沉默中，“有”诞生了，出现了时间、空间和万物以及整个世界，语言也在“沉默”的“无”中生成。从此，语言成为人类世界的边界，横亘于现象界和物自体世界之间。而这种存在的分裂状态，似乎在世界生成之际就已决定了——一种超越性的力量在催生世界时的姿态规定了世界运行的一切法则。

第四段，上面提及世界存在一种不可违抗也不可知的运行规律，但这并不否定万物在自为的存在中孕育一种自由的意志。换句话说，正因为存在着一个规定了世界本质的未知的世界，所以才给自由意志留下了存在的可能与空间。于是，面对巨大的、不可抗拒的力量——为了不被吸入巨大的深渊，摩周湖的岛屿奋力抵抗，并在与命运的对抗中，在冰与火的斗争中，生成棱角，最终成为现在的模样。

总之，这是一首典型的现代哲学诗歌。在看似客观的风景速写中，老子《道德经》的声音清晰可闻，西方哲思如康德的身影也可窥见一斑。

わがひとに与ふる哀歌

伊東静雄

太陽は美しく輝き

あるひは　太陽の美しく輝くことを希(ねが)ひ①

手をかたくくみあはせ

しづかに私たちは歩いて行つた

かく②誘(さそ)ふものの何であらうとも

私たちの内(うち)の

誘はるる③清(きよ)らかさを私は信ずる④

無縁(むえん)のひとはたとへ⑤

鳥々は恒(つね)に変らず鳴き

草木(くさき)の囁(ささや)きは時をわかたず⑥とするとも

いま私たちは聴く

私たちの意志の姿勢(しせい)で

それらの無辺(むへん)な広大の讃歌(さんか)を

あゝ　わがひと

輝くこの日光の中に忍(しの)びこんでゐる

音なき空虚(くうきょ)を

---

① 希ひ：现代假名标注为"ねがい"。
② かく："客（きゃく）"的文言文表达，表示来访者、外来者。
③ 誘はるる："誘われる"（被诱惑）的口语表达。
④ 信ずる：信じる。
⑤ 这个句式为"たとへ……とするとも"，意思为：即使……也，关联着下两行诗句。
⑥ 分かたず：区别がない（没有区分地）。"時をわかたず"是惯用语，意思是不分昼夜、日夜不停。

歴然と見わくる目の発明の

何にならふ[①]

如かない[②]人気ない山に上り

切に希はれた太陽をして

殆ど死した湖の一面に遍照[③]さするのに

---

① ならふ：なろう。

② 如かない："如く"的未然形加上打消助词"ない"，相当于"しかず"。如"百闻不如一见"表达为"百聞は一見に如かず"。此处为"不如……"，这是文言文的表述方式。

③ 遍照：普照之意。本意为佛法普照。

中文译诗

献给恋人的哀歌

太阳闪耀着美丽的光芒

抑或　祈求太阳闪耀出的美丽光芒

我们的手紧紧相扣

静静地走在路上

无论出现什么样的诱惑者

我始终相信

我们内心不受诱惑的纯真

无缘之人也无法听到某种声响

即使鸟儿不停地鸣叫

草木耳语　不分夜晚和清晨

现在　我们侧耳倾听

遵循我们自身的意向

倾听没有边界的盛大的赞歌

啊　我的恋人

于灿烂的日光下躲藏

即便带上清晰度很高的眼镜

也无法抵达无声虚空的真相

莫如登上人迹罕至的山峦

虔诚地祈求太阳
遍照濒死湖水的面庞

释文

1953年日本杂志《文艺》刊登了一份对三岛由纪夫的采访，其中记者问道“你最喜欢的诗人是谁？”时，三岛答道：“伊东静雄。”三岛由纪夫喜欢伊东静雄（いとうしずお，1906—1953）诗歌的理由，或许可以从《献给恋人的哀歌》这首诗中找到部分答案。

本诗选自诗人的第一部同名诗集《献给恋人的哀歌》（1934）。诗人时年28岁。该诗集的出版引起诗坛广泛的关注，并于1936年3月获日本第二届文艺通论诗集奖。这部诗集沉郁、富有象征主义色彩，背后也可见尼采的自我意志、叔本华的悲观等现代意志观念主义哲学的影子。这篇诗作为其中的代表性作品之一，全诗中出现的自然意象，实则是诗人内心意志的象征物，而日常生活中的太阳在这里也呈现出不一样的样态：第二行中的太阳，是诗人自我意志（接近尼采式的超人悲观意志）的外现，显示出一种悲剧论的命运图式。换言之，死亡，是这首诗真正的主题，这或许也是吸引三岛由纪夫的地方。

对于无法拯救恋爱和太阳的诗人来说，人的生命就是无可救药的悲剧本身，我们活着就无法超越这样的宿命。因此，诗中的反抗、觉醒和拯救最终以“哀歌”结束，以失败告终。

流星

井上靖

高等学校の学生の頃、日本海の砂丘の上でひとりマントに身を包み、仰向けに横たわって星の流れるのを見たことがある。十一月の凍った星座から一條の青光をひらめかし、忽焉とかき消えたその星の孤独な所行ほど、強く私の青春の魂をゆり動かしたものはなかった。私はいつまでも砂丘の上に横たわっていた。自分こそ、やがて落ちてくるその星を己が額に受けとめる、地上におけるただ１人の人間であることを、私はいささかも疑わなかった。

それから今日までに十数年の歳月がたった。今宵、この国の多恨なる青春の亡骸（なきがら）——鉄屑と瓦礫の荒涼たる都会の風景の上に、長く尾を引いて失踪する一箇の星を見た。眼を閉じ煉瓦（がれき）を枕にしている私の額には、もはや何ものも落ちてこようとは思われなかった。その一瞬の小さい祭典の無縁さ、戦乱荒亡の中に喪失した己が青春に似て、その星の行方は知るべくもない。ただ、いつまでも私の瞼（まぶた）から消えないものは、ひとり恒星群から脱落し、天体を落下する星というものの終焉の驚くべき清潔さだけであった。

中文译诗

流星

高中时代，有一天，我披着斗篷仰卧在日本海海岸的沙丘上，看见了陨落的流星。十一月冰冻的星座闪烁着一缕青色的光，顷刻又消失得无影无踪。它孤独陨落的身影，强烈地震撼了我青春的心灵。躺在沙丘上，久久不能平静。我当时毫不怀疑地断定：此刻，在这个地球上，唯有我看到了那颗流星。而且，我相信，那颗流星最终会降落到我的额头上。

如今，已过去十几年的岁月。今夜，我在这个遍布青春骸骨的国家——铁屑与瓦砾满目的荒凉城市上空，看到了一颗拖着长尾疾逝的星星。只是，我闭上眼睛，枕着砖瓦，再也不想什么东西会坠落在我的头上。那瞬间的小小的祭典已与我无缘。如在战火流亡中丧失了的青春一般，我也无法知道那颗星星遗落的地点。然而，永远不会从我眼中消失的是，独自离开恒星群，从天体陨落的流星，在消逝之际令人惊讶的纯洁。

释文

本文选自日本著名作家井上靖（いのうえやすし，1907—1991）的散文诗集《北国诗集》（『北国詩集』，1960）。

众所周知，井上靖曾任日本文艺家协会前理事长、川端康成纪念会理事长等职。他的主要成就是小说。自幼亲近汉文化的他，以中国历史为题材的小说作品尤为著名，如《楼兰》《敦煌》等。井上靖自己也曾投身于中日友好事业，曾任日中文化交流协会常任顾问，一生数十次来访中国。但少有人知的是，井上靖的创作生涯源于诗歌，一生出版了5部诗集。本次选取的《流星》是本书中唯一的一篇散文诗。

日本的诗歌，在广泛意义上，应该包括散文诗。从诗的艺术本质上，诗是高于散文的。如克罗齐在《美学原理》中说："诗可以离开散文，散文离不开诗。"因为诗是情感的语言，散文是理智的语言；但是理智就其有具体性与实在性而言，仍是情感，所以一切散文都有它的诗的方面。直觉的知识（表现品）与理性的知识（概念），艺术与科学，诗与散文诸项的关系，最好说是双度的关系。

谷川俊太郎曾在一次访谈中也提及散文和诗歌的最大区别在于："散文是一种表现化的语言，通过自己的知识能力来表现普通的生活逻辑；而诗歌是一种深层语言，处在前语言和语言的分界线上，通过对语言的捕捉来产生新的意义。"①

因此，我们可以说，好的散文或许可以捕捉到诗的情趣，抵达诗的境界，故而可以称之为一首诗，但是从来没有人会说这首诗真好，

① 唐晓渡：《谷川俊太郎：发现悲伤之内的欢乐》，《经济观察报》，2007年3月24日。

像一篇散文。

就这篇《流星》而言，其成功之处就在于以散文的形式，呈现出了诗歌所特有的高贵而感伤的主题和精神。相隔十数年出现的流星，相对于战火纷飞之中承受生命不幸与沉痛的个体生命，是超越性的、启示性的、象征性的存在，是自然的纯粹与神圣的证明。少年时代对自然和这个世界报以神秘的联动性感应，将自身置身于宇宙这个大生命体之中。这是天人应和的浑然天成，是一种人与世界的和谐共生。然而，战争的爆发，最终摧毁了许多人的青春和生命，也摧毁了年轻人对世界抱有的好奇、爱以及希望。但，那颗瞬间即逝的流星，带给诗人内心那一份刹那间光明的纯净，却暗示着一颗富有想象力的温柔的心，依然跳动不停。

われは草なり

高見順

われは草なり　伸びんとす
伸びられるとき　伸びんとす
伸びられぬ日は　伸びぬなり
伸びられる日は　伸びるなり
われは草なり　緑なり
全身すべて　緑なり

毎年かはらず　緑なり
緑のおのれに　あきぬなり
われは草なり　緑なり
緑の深きを　願ふなり

ああ　生きる日の　美しき
ああ　生きる日の　楽しさよ
われは草なり　生きんとす
草のいのちを　生きんとす

中文译诗

我是一棵小草

我是一棵小草　努力伸展
可以伸展时　就努力伸展
无法伸展的日子　就停下脚步
可以伸展的日子　努力不停息
我是一棵小草　变绿
全身上下　变绿

每年都是如此　变绿
在绿的内部　生生不息
我是一棵小草　变绿
在绿的深处　祈祷

啊　活着的日子的　美好
啊　活着的日子的　快乐
我是一棵小草　努力活下去
作为草的生命　努力活下去

释文

中岛健藏曾言："曾经有过一个叫高见顺的时代。"可以说，在日本激荡的昭和时代，高见顺是一个巨大的存在。他的"巨大"首先在于思想的觉醒以及由此带来的痛苦。

高见顺（たかみじゅん，1907—1965），大学时代就开始左翼活动。1929年，日本当局开始对左翼实施高压政策，展开了白色恐怖活动。1933年，高见顺被捕，获知小林多喜二被拷问致死后转向，出狱后发现妻子已经离他而去。他以此体验为基础创作了《与往日告别》（『故旧忘れ得べき』），入围第一届芥川奖。

二战期间，他被派往缅甸，主张"文学无力说"（文学非力説），反对极权主义。二战后，以文学的方式思考被捉弄的人生，追问存在的意义。撰写有《讨厌的感觉》（『いやな感じ』）和评论《昭和文学盛衰史》（『昭和文学盛衰史』），并留下了诗集《死的深渊》（『死の淵より』）。

高见顺的诗歌创作起步于日本二战战败。这首诗就出自他的第一部诗集《树木派》（『樹木派』，1950），假托自然草木，描写自身的战败体验。

这首诗入选多部日本小学生国语教材，受到民众的喜爱，学界也多从珍爱生命抑或草木的生命力的角度予以解读。据说，日本冈山县有一个律师事务所，名字为"绿色法律事务所"，就源自此诗。

不过，若是想到普通的日本人在战争以及战败期间所遭受的资本和专制的愚弄，想到战败后日本人猖狂的黑市、大众的生存危机，想到日本战败后的临时政府的第一条正式法令——是以保护良家妇女

（权贵们的家属）不受美国占领军侵害的名义征召女性（贫穷饥饿的老百姓）为占领军提供性服务，你就会感受到这首诗平静表面下的沉痛与愤怒。

对于今天的人们而言，我不知道你可曾体会岁月的无情，人间的不义；可曾愤怒于拥挤的地铁，破旧的出租屋；可曾咒骂资本主义，特权阶层的奴役；可曾孤独于众人可耻的欢愉，所谓知识分子精致的利己主义；可曾恐惧于坏人们早已联合，而穷人们还在自相残杀、猜疑；可曾痛苦于美的弱小，真相根底里的虚无；可曾看见看不见的战争，男人不可能第二次死去；可曾理解这个堕落的时代，被贩卖的女人和孩子；可曾绝望暗夜如此漫长，痛苦看不到边际……

然而，最重要的，如高见顺的这首诗所描写的一样，像一棵小草，要努力而孤独地活下去。

桑名の駅

中原中也

桑名(くわな)[①]の夜は暗かった
蛙がコロコロ鳴いていた
夜更(よふけ)の駅には駅長(えきちょう)が
綺麗(きれい)な砂利(じゃり)を敷(し)き詰(つ)めた
プラットホームに只(ただ)独り
ランプを持って立っていた

桑名の夜は暗かった
蛙がコロコロ鳴いていた
焼蛤貝(やきはまぐり)[②]の桑名とは
此処のことかと思ったから
駅長さんに訊(たず)ねたら
そうだと云って笑ってた

桑名の夜は暗かった
蛙がコロコロ鳴いていた
大雨(おおあめ)の、霽(あが)ったばかりのその夜は

---

① 桑名：日本本州中南部城市。属三重县，人口十万左右，古交通要地。
② 烤蛤蜊是桑名的特产，江户时代的落语里有了"その手は桑名の焼き蛤"意即"不会上当受骗"这样的俗语。此外，蛤蜊肉也有"美味的女性"之喻义。

風もなければ暗かった

（一九三五・八・一二）

（此の夜、上京の途なりしが、京都大阪間の不通のため、臨時関西線を運転す。）

中文译诗

桑名车站

桑名的夜色很浓
青蛙呱呱地悲鸣
深夜的车站　站长
地面铺满了漂亮的碎石
站台上的他　只身孤影
拿着煤油灯　伫立不动

桑名的夜色很浓
青蛙呱呱地悲鸣
烧烤蛤蜊的桑名
就是这里吧？
我这样问道
“是啊”　站长笑着回应

桑名的夜色很浓
青蛙呱呱地悲鸣
这个夜晚　大雨初停

夜色真暗呐　即便没有风

（一九三五年八月十二日）

（此夜，上京途中，因京都大阪间交通受阻，临时关西线开启运营。）

释文

我自己特别喜欢这首诗。韵味、节奏和氛围都很特别，是独具中原中也特色的一部作品。

这首诗和《马戏团》以及很多作品一样，都延续了日本和歌传统的七五调句式。所以，将诗吟咏成歌，其节奏和韵律很容易让熟悉日语诗歌的读者瞬间变成忠实的听众，侧耳倾听。对于读诗而言，聆听永远是第一位的，最大的忌讳是：我明白了这首诗的意思。

这首诗韵律交错、流转，与诗句的场景设定保持和谐。而且，很重要的一点是，与中原中也（なかはらちゅうや，1907—1937）很多虚无、悲哀的诗作相比，这首诗的情感把控更为克制、冷静，有点像写生或白描：暗夜的车站为舞台，只有两个人，一个是天涯羁旅客，一个是将其一生奉献给车站的站长，他们之间除了简短的对话外，只有浓浓的夜色和一阵阵蛙鸣。在讲述中带有少有的轻松和幽默，这一点也十分难得。

白描不是为了叙事，碎片化的信息无法拼凑出一个完整、确切的故事。白描本质也是一种抒情。

据说，中原中也带着妻子和年幼的长子（大约十个月大的婴儿，第二年不幸夭折）返回山口县省亲。返京时，途遇大雨，交通受阻，只好在桑名车站的车上留宿。不能入睡的诗人独自下车，在车站信步，有感而发。曾被誉为神童的他接连遭遇不幸，恋爱又遭受背叛，结婚生子又没有一份稳定的工作和收入，渴望诗歌却又不得不面对家庭的生活，社会的专制引起青年人的反抗却又找不到属于自己的理想之所。他内心燃烧着青春的痛苦。因此，这是一首失眠者之歌、暗夜的抒情曲。这也是一则穷困者的日记，作为父亲和丈夫的一份自责和愧疚。青蛙呱呱的哭泣，让人联想到他年幼的长子；大雨初停，即便没有风，桑名这个“无名”的小站，它的暗夜还是如此地浓，就像诗人看不到的未来，走不出的困境。

我注解这首诗之时，似乎突然理解当下中日两国的青年人为何喜欢中原中也和他的诗歌了。中原中也极为个性地活着，活在他自己的情绪里，活在他自己的文字里，这何尝不是忠于自我的勇气、袒露的真诚？

不过，中原中也的悲哀，也是青春的悲哀，被无情的、冰冷的、有形或无形的锁链奴役于自由之外，丧失了作为人的尊严。聚光灯下的一小块儿光泽无法温暖社会底层数亿劳动人民的艰辛和悲凉，无法照亮生活在暗影中、绝望的人们的眼睛。金字塔尖上的熠熠光彩，恰恰注定了底层生活的不幸……

生ましめんかな

栗原貞子

こわれたビルデング[①]の地下室の夜だった
原子爆弾の負傷(ふしょう)者達は
暗いローソク[②]一本ない地下室を
うづめ[③]ていっぱいだった
生まぐさい血の臭い　死臭
汗くさい人いきれ[④]　うめき[⑤]声
その中から不思議な声がきこえてきた
「赤ん坊が生まれる」と言うのだ
この地獄の底のような地下室で今
若い女が産気(さんけ)づいているのだ

マッチ一本ないくらがり[⑥]で
どうしたらいいのだろう
人々は自分の痛みを忘れて気づかった
と「私が産婆(さんば)です　私が生ませましょう」
と言ったのは

---

① 西原大辅在《日本名诗选3》中注释说此建筑为广岛储蓄分行。
② 蜡烛、火柴和血等红色的意象不断跳跃，切合死亡与重生、绝望与希冀的主题。
③ うづめ：由四段活用动词“うづむ”（埋む）变形而来。此处比喻人和物体被填埋抑或精神层面的压抑感与窒息。
④ 人いきれ：闷热潮湿。
⑤ うめき：呻き。
⑥ くらがり：暗がり／闇がり。

さっきまでうめいていた重症者(じゅうしょうしゃ)だ

かくて[①]くらがりの地獄の底で新しい生命は生まれた

かくてあかつきを待たず産婆は血まみれ[②]のまま死んだ[③]

生ましめんかな

生ましめんかな

己が命捨つとも

① 与最后一段的文言表达形成统一。
② 血まみれ：意思是血沾满、浑身上下都是血。
③ 这是一个真实事件的改编，不过，助产妇并没有死，而是活到了 20 世纪 70 年代。

中文译诗

让我为你接生

这是崩塌建筑物地下室的夜晚
原子弹爆炸的受害者们
在没有一根烛火的昏暗地下室
躺倒一片
伤口流着腥味的血　死臭弥漫
汗腥熏人　呻吟声不断
一个不可思议的声音传来：
“我的孩子要出生了！”
在地狱深渊般的地下室　此刻
年轻的女子就要临产

地下室漆黑幽暗　没有一根火柴的光线
怎么办？！
人们忘记了自己的伤痛
“我是助产妇　让我帮你接生吧！”
声音来自一个受重伤的女子
刚才还发出疼痛的呻唤
于是　一个新的生命出生在地狱的深渊

于是　浑身鲜血的助产妇倒在黎明前的夜晚

让我为你接生吧

让我为你接生吧

即便要用我自己的生命交换！

释文

这是无政府主义者、“原爆文学”代表诗人栗原贞子（くりはらさだこ，1913—2005）的一首名作。据说，1945年8月6日上午8点15分，原子弹轰炸时，诗人就在距爆炸的中心地带仅4公里的家中。这首诗就是以当时的受难体验为素材创作的作品，选自《黑卵》（『黒い卵』，1946）。

这首诗具有一种剧场风格，也如一种实景笔录和素描。让现实中并没有死的助产妇死去，追求的是一种忠实于艺术的真实，让生与死、黑暗与光明、绝望与希望的对抗，生成一种抒情和叙事的张力。

また昼に

立原道造

僕はもう
はるかな青空やながれさる浮雲（うきぐも）のことを
うたはないだらう①……
昼の　白い光のなかで
おまへは　僕のかたはらに立つてゐる

花でなく　小鳥でなく
かぎりない　おまへの愛を
信じたなら　それでよい
僕は　おまへを　見つめるばかりだ

いつまでも　さうして　ほほゑんで②ゐるがいい
老（お）いた③旅人や　夜　はるかな昔を　どうして
うたふことがあらう④　おまへのために

---

① “だらう”同“だろう”。
② “微笑んで”为“微笑む”的音变：词干む＋ている时变成ん＋でいる。在日语中，微笑（微笑む）和笑（笑う）有很大差别，前者是含蓄的无声的，后者是发出声响，豪放无忌的。此处也有一语双关的用意，即像花蕾一样悄然初开（花のつぼみが少し开く）。
③ “おいる”，为训读方式，音读为“ろう”。有时也训读为“おける”。
④ 即“歌うことがあろう”。“こたがある”是一个固定句式，表示有时、经常、往往等。此处为第三个意思。

さへぎる[1]ものもない　光のなかで

おまへは　僕は　生きてゐる

ここがすべてだ！　……僕らのせまい身のまはりに

① さえぎる：遮る，遮蔽、阻挡、制止等意思。

中文译诗

又一个白天

我已不再
歌唱遥远的青空和飘浮的云气
在白天的　光泽里
站在我身边的　是你

不是鲜花也不是小鸟
而是你永远的爱意
相信爱　这已足够
我的眼里　只有你

若是可以　我想每天　看到你的微笑
年迈的游子、暗夜和遥远的过去
何必再吟诵这些呢　我的歌　为你

在透明的、纯洁的　光泽里
你和我　努力生活
这是我所想要的一切！我们在一起……

释文

有些诗，不需要释文。你只需聆听，就已足够。就像这篇爱的箴言，纯情犹如初恋的回忆。

热恋中的人们，眼中的世界只与爱相关，一切都沉浸于爱的想象中。这是人生至纯至美也是至善的时刻，照映出人性的光辉。

情人的眼中，只有你。你就是当下和未来，就是忘我之我，就是一切。在诗歌中，那份炽热的情感已经被净化、沉淀、过滤了。

近代以来的爱情，是建立在知性之上的，私有权的确立也影响了婚姻走向。婚姻，原本就是人性对社会性的一种妥协，在近代工具理性的制约下更是少了宗教般的圣洁，容易走向一种物化和新的奴役。①

被称为人道主义诗人的立原道造（たちはらみちぞう，1914—1939）的这首诗，不仅继承了西方十四行（四四三三）抒情诗的形式，还受到了来自西方基督教婚姻观念的影响，有将爱神圣化的倾向。这无关乎宗教的信仰，这只是说明，诗人有一颗纯洁真诚的心。

立原道造，昭和时期的建筑家、诗人，毕业于东京帝国大学建筑系，曾连续三届获得建筑设计奖项，被誉为天才式的人物。二十五岁因胸膜炎病逝。主要的诗集有《寄萱草》（『萱草に寄す』，1937）、《破晓与黄昏的诗》（『暁と夕の詩』，1937）等。

他比较有名的诗歌还有《我梦见的》：

我梦见的　只是幸福

---

① 恩格斯就曾警示说，资本主义制度下，与现代一夫一妻制的婚姻相适应的是通奸和卖淫。见《马克思恩格斯全集》第三卷，北京：人民出版社，1979 年第 196 页。

我祈求的　只是爱恋
在群山之间　有座安静的村落
明媚的周日　湛蓝的天

女孩子们　撑着遮阳伞
穿着漂亮的衣裳　歌唱在田间
素朴的姑娘们　跳着舞
她们手挽手围成圆圈

在矮矮的枝头　歌唱
蓝色的小鸟　向谁告白

我所梦见的　只是爱恋
我所企求的　只是幸福
而这一切　都在里边①

---

① 原诗：夢見たものは　ひとつの幸福 / ねがつたものは　ひとつの愛 / 山なみのあちらにも　しづかな村がある / 明るい日曜日の　青い空がある // 日傘をさした　田舎の娘らが / 着かざつて　唄をうたつてゐる / 大きなまるい輪をかいて / 田舎の娘らが　踊りををどつてゐる // 告げて　うたつてゐるのは / 青い翼の一羽の　小鳥 / 低い枝で　うたつてゐる // 夢見たものは　ひとつの愛 / ねがつたものは　ひとつの幸福 / それらはすべてここに　あると（『優しき歌』より）。中文译诗为笔者译。

静物

吉岡実

夜(よる)の器(うつわ)の硬(かた)い面(めん)の内(うち)で
あざやかさを増(ま)してくる
秋のくだもの
りんごや梨(なし)やぶどうの類(たぐい)
それぞれは
かさなったままの姿勢(しせい)で
眠りへ
ひとつの諧調(かいちょう)へ
大いなる音楽へと①沿うてゆく
めいめいの最も深いところへ至り
核はおもむろに②よこたわる
そのまわりを
めぐる豊かな腐爛(ふらん)の時間(じかん)
いま死者の歯③のまえで
石のように発(はっ)しない
それらのくだものの類は
いよいよ重(おも)みを加(くわ)える
深(ふか)い器(うつわ)のなかで

---

① へと：格助词叠用，表示不断朝着某方向发展的趋势。
② おもむろに：徐ろに，缓缓地、静静地。
③ 水果腐烂，露出果核，让诗人联想起二战期间看到死者面部腐烂、牙齿外露的场景。

この夜(よる)の仮象(かしょう)の裡(うち)で

ときに

大きくかたむく

中文译诗

静物

夜的器皿　坚硬表面下的内层

秋天的水果　增显亮泽

苹果、梨和葡萄等

以各自的姿势

聚集在一起

走向梦境

走向和谐

走向壮阔的音乐

抵达各自的底层

果核　慢慢溃烂

在其周围

环绕着充裕的腐烂时间

此刻　面对死者的牙齿

显露出石头一样的沉闷

那些水果

越来越重

在深深的器皿中

在这夜的假象里

某一刻

便会坍塌

释文

吉冈实（よしおかみのる，1919—1990），日本战后代表性的诗人。他不仅写作诗歌，也创作短歌（出版有歌集《鱼筐》等），曾参与创办《今日》《鳟》等诗刊。诗集有：《昏睡的季节》（『昏睡季節』，1940）、《液体》（『液体』，1941）、《静物》（『静物』，1955）、《僧侣》（『僧侶』，1958）、《静静的家》（『静かな家』，1968）等。

这首诗宛如一幅静物素描，诗人试图用许多动词将“沉睡”的时间唤醒，呈现出静物世界中的动能。而且这一“运动”是向下的、走向幽冥和死亡，最后会发生巨大倾斜，那就是死亡——一种时间的运动方式。整首诗就是隐喻和联想的集成，让读者进入事物内部感受时间的流动，节奏感十分强烈。

如果说，世界的本质是运动，包括时间、空间和具体生命的出生和死亡，都不过是一种运动的形式。那么，最深刻的运动形式一定在寂静之中，因此，所谓静物素描，不仅是美术的起点，有时候还关联着哲学的最深层。

20世纪最伟大的诗人内马利亚·里尔克在《致克拉拉——可爱的母亲、艺术家、女友、妻》一诗的结尾写道：摇曳着的葡萄架温柔的

日子 / 与每朵玫瑰的日子走出我的内部。

如果说在吉冈实的《静物》中水果以腐烂甚至倾斜、坍塌的方式向外展现了时间的重量和方向，里尔克的这首诗则流淌着时间在诗人内心外溢的芬芳。

帰途

田村隆一

言葉なんかおぼえるんじゃなかった
言葉のない世界
意味が意味にならない世界に生きてたら
どんなによかったか
あなたが美しい言葉に復讐（ふくしゅう）されても
そいつは僕とは無関係だ
君が静かな意味に血を流したところでそいつも無関係だ
あなたの優しい眼の中にある涙
君の沈黙の舌から落ちてくる痛苦
僕たちの世界にもし言葉がなかったら
僕はただそれを眺めて立ち去るだろう
あなたの涙に果実の核（かく）ほどの意味があるか
君の一滴（ひとしずく）の血にこの世界の夕暮れの震（ふる）えるような
夕焼けの響（ひび）きがあるか
言葉なんか覚えるんじゃなかった
日本語とほんの少しの外国語を覚えたおかげで
僕はあなたの涙の中に立ち止まる

僕は君の血の中にたった一人で帰ってくる

中文译诗

归途

言语之物　何须记住

如果可以在没有语言

意义没有成为意义的世界生活

该是多么幸福

即使你遭美丽的语言复仇　那也与我无关

你在寂静处流着鲜血　那也与我无关

你温柔的眼睛噙着泪水

你沉默的舌头坠落痛苦

我们这个世界如果没有语言

我应该只是远远旁观　然后离开此处

你的泪水中有果核般坚定的意义吗?

你的一滴血里回响着震颤整个世界的晚霞之音吗?

言语之物　何须记住

幸而日语之外　我学了一点外语

我才能在你的泪水中停下脚步

我才能从你的鲜血中踏出一个人的归途

释文

众所周知，日本二战后诗坛的重心之一是围绕着诗刊《荒地》及其周边的诗人展开的，而这些诗人们在战后创作的精神原点共同指向了战争体验。在这个维度上去理解战后“荒地派”的诗歌创作既是合理的，也是必须的。

不过，与同人鲇川信夫、北村太郎、木原孝一、黑田三郎等相比，田村隆一（たむらりゅういち，1923—1998）的战争体验又是最特殊的一位。据他自己所说，由于身材太高故而未能参加特攻队而免于战死，他自己甚至没有看到过战友的尸体，而仅仅是在后方做了教官。也正因为如此，他诗歌中才会出现美丽的死亡这样的意象。而在其他参加过战争、经历过残酷的生死考验的诗人笔下，死亡和美丽在语言的世界中是相互排斥的。

《归途》这首诗选自诗集《没有语言的世界》（『言葉のない世界』），该诗集突显了自然的苏醒、死者的忘却和想象力的堕落这三个特征（山下洪文语）。评论界普遍认为，与他前期的《四千个日和夜》相比，这部诗集缺乏诗歌内在的张力，但《归途》这首诗是个例外，即便将之放在他一生的创作生涯之中也可称得上是最具代表性的作品之一，曾入选高等学校现代文改订版（三省堂版，相当于高中语文教材）。

对这首诗的解读，有多重方法和视角。比如，若是从他战后的精神原点出发，采用一种经验论的方法，我们就不得不结合他独特的战争体验，从“荒地派”作为战争幸存者，作为死者遗言的执行者的角度来思考这个问题。若是我们放弃狭义的“战后派”的标签，站在当下的立场上，将它还原到语言和审美的层面，将它视为一首现代诗，或许也可以生出新的意味。此外，也有学者开始关注诗人与美国诗人之间的交流与共振的事实，这也为田村隆一的创作提供了一种新的解读可能。这些解读的视角和方式并不完全孤立，而是一种交错的难以分离的关系。但，无论哪种解读方式，我们知道，在文学真正发生的领域，一首诗的生成不是一次性的，最终的完成恰恰需要依靠读者的阅读体验的催化。

文学的发生问题关系着文学或诗歌的判断依据，什么是一首好的诗歌呢？或许简单地回答这个问题有些不负责任。但有时候必须做出一个决断来。在我看来，一首诗歌的好坏取决于能否唤醒你的存在意识。打个比方，日常生活中我们缺乏一种自我的观照和内省的契机，仅仅遵循自我意识的驱动生活。有些人在某个契机的引发和刺激下，顿悟而获得新知，改变便在生命的旅程中发生。这个契机，对顿悟者来说就是一首诗，但对他人来说极可能稀松平常，毫无意义。也就是说，唯有阅读诗歌，并将诗歌带给你的刺激和启发纳入自我意识的内部，成为自我内部的一个“他者”，让这个“他者”质疑、击碎已存的“自我”，至少让“他者”与“自我”对话，尝试完成一个新的自我。唯在此刻，一首真正的诗才发生，最终诞生。

以上述发生学的思路为参照，《归途》在战后派诗歌的经验论视野中，抑或是在纯粹阅读的、审美的视野中，都有着较为出色的表现，不啻为一首经典诗歌。

总之，此诗具有一种开放式的多层结构，它既不是一首单纯的爱情离别之诗，也不是仅仅面向社会的政治隐喻，而是一种个人记忆和历史叙事相互缠绕的书写（如上所述，已有的多种解读视角和方式并非孤立，而是相互交错的难以分离的关系）。

当然，这首诗还有其他解读的向度和空间。从诗所关注的一个焦点，即语言和意义之间关系问题出发，我们还可以追随着诗人发出追问：语言可否承担“人类”与“世界”之间真实的桥梁和道路？对这一切，诗人在整首诗的前部分都在怀疑，甚至否定语言的真实所指。但是，在最后部分，暗示自己也不得不面对一种命运：我们生活在语言的世界之中，我们无法逃离语言，因为语言即是我们自身。所以，这首诗歌是从“没有言语的世界”向“语言的世界”的回归，诗人在归途之中：怀疑、倦怠、无奈和痛苦。

自分の感受性くらい

茨木のり子

ぱさぱさに乾(かわ)いてゆく心を
ひとのせいにはするな
みずから水やりを怠(おこた)っておいて

気難(きむずか)しくなってきたのを
友人のせいにはするな
しなやかさを失ったのはどちらなのか

苛立(いらだ)つのを
近親(きんしん)のせいにはするな
なにもかも下手だったのはわたくし

初心(しょしん)消(き)えかかるのを
暮らしのせいにはするな
そもそもがひよわな志(こころざ)しにすぎなかった

駄目(だめ)なことの一切(いっさい)を
時代のせい①にはするな

① 诗人没有使用社会的责任、国家的责任等，而是以时代为着眼点，也体现了诗人的世界观。

わずかに光る尊厳の放棄

自分の感受性くらい

自分で守れ

ばかものよ[①]

---

① 直译为：傻瓜、笨蛋。意译为：（不要做）愚蠢的人。

中文译诗

自己的感受力

不要把渐渐干枯的内心
归咎于他人
是自己懈怠了浇灌的责任

不要把变得难以相处
归咎于朋友的原因
丧失温柔的是哪个人?

不要把焦虑
归咎于亲近的人
干不好事情的是我自身

不要把初心的遗失
归咎于生活的艰辛
原本就是一颗软弱的心

不要把糟糕的一切
都归咎于时代

放弃了微光仅存的自尊

自己的感受力
要自己守护
不要做愚蠢的人!

释文

这首诗选自同名诗集《自己的感受力》(1977)。

这首诗不需要太多的解释。你可以将其视为教训诗、抑或格言警句诗,但我更愿意理解为一则心灵的日记。因此,可以理解为写给自己的自我勉励、写给她唯一亲近的侄子的告诫抑或对朋友表达的爱意。

茨木则子(いばらぎのりこ,1926—2006)被称为“现代诗的长女”。她的诗,清醒、独立,又不失温情与暖意。她的诗,是鼓励自己的诗,是自己生活的诗,是诚实的诗。比如,描写二次世界大战经历的《在我曾经最美丽的时候》(出自诗集《在我曾经最美丽的时候》,1958)以及包含世纪末不安和忧思体验的《不依靠》(出自同名诗集《不依靠》,1999)等诗作,无一不散逸着当今知识女性的高雅与清醒的气质。在她逝世后,手稿结集出版,名为《岁月》(『歳月』,2007),编者、诗人好友谷川俊太郎认为,这部诗集是茨木则子最好的诗作。在国内已翻译出版茨木则子的诗集《在我曾经最美丽的时候》。而《不依靠》这首诗，在中日读者中应该是最受欢迎的诗作之一（同名诗集刊行十万册以上），诗中写道：

再也　不想依靠现存的思想
再也　不想依靠现存的宗教
再也　不想依靠现存的学问
再也　不想依靠任何的权威
长活至此
真正领悟的只有这些
仅靠自己的耳目
自己的两条腿立足
没什么不方便的
若要依靠
那只能是
椅背[①]

阅读这首颇具幽默意味的诗。需要关注两个地方，一个是“再也”，另外一个是对即存概念（宗教、学问和权威）的怀疑以及对自身感受性、对自己身体的信任与肯定。而当下有的学者将这首诗和日本的老年养老、孤独死等社会学强制性地联系起来，则无疑是对文学

① 原诗：もはや/できあいの思想には倚りかかりたくない/もはや/できあいの宗教には倚りかかりたくない/もはや/できあいの学問には倚りかかりたくない/もはや/いかなる権威にも倚りかかりたくはない/ながく生きて/心底学んだのはそれぐらい/じぶんの耳目/じぶんの二本足のみで立っていて/なに不都合のことやある/倚りかかるとすれば/それは/椅子の背もたれだけ。中文译诗为笔者译。

和诗歌的羞辱。

关于茨木则子的独立性，有一则趣闻。据说在一次音乐会前，演奏国歌时，周围的听众纷纷仓皇起立，而她却独自坐着，依靠着椅背。在《乡土之歌》中，她写道：为什么要庄严地唱国歌，恐怕是一边藏匿被侵略之血污染的过去，一边若无其事地站立……

独楽

高野喜久雄

如何(いか)なる慈愛(じあい)
如何なる孤独によつても
お前は立ちつくすことが出来(でき)ぬ
お前が立つのは
お前がむなしく①
お前のまわりをまわっているときだ

しかし
お前がむなしく　そのまわりを　まわり
如何なるめまい②
如何なるお前のvie③を追(お)い越(こ)したことか

そして　更に今もなお
それによって　誰が
そのありあまる④無聊(ぶりょう)を耐(た)えていることか

---

① むなしく：徒劳的、空虚的。日本美学和存在主义的混合体。
② めまい：头晕、眼花等眩晕症状。
③ Vie：法语，人生、生命。
④ ありあまる：富有、富余、过剩的。

中文译诗

陀螺

无论有怎样的慈爱
无论身陷怎样的孤独
你也不能伫立不动
你只能站立于
围绕着自己旋转之时
你的舞步徒劳而虚空

可是
你徒劳地旋转　围绕着自己
无论怎样头晕目眩
无论有怎样努力超越生命的初衷

而且　时至今日
是谁
可以承受着这么多无意义的苦痛

释文

这首诗选自1957年出版的同名诗集《陀螺》（中村书店），最早刊行于《荒地诗集1954》（荒地出版社，1954）。

日本战败后的诗坛，存在主义思潮十分流行。在诗坛上就有众多借物喻人的存在主义诗作，如同为战后荒地诗派的诗人中村稔的《风筝》（『凧』）、吉冈实的《静物》（『静物』）等。

这首诗可以视为法国存在主义哲学思潮影响下的产物，但我更愿意将它看作战后日本人整体精神状态的一种写实。这让我想起万晓利的一首同名民谣《陀螺》：

在田野上转/在清风里转/在飘着香的鲜花上转/在沉默里转/在孤独里转/在结着冰的湖面上转

在欢笑里转/在泪水里转/在燃烧着的生命里转/在洁白里转/在血红里转/在你已衰老的容颜里转

在万晓利的歌词中，普通人都是陀螺，被现实生活、资本和强权所鞭打，被无情的时间所驱赶，更多地呈现出伦理学和社会学的思考。但高野喜久雄（たかのきくお，1927—2006）的这首诗则更倾向于形而上学的隐喻和诗趣。作为一名高中教师的他，陀螺更像是自己的写照。写诗和他的平淡无聊的生活本身构成了一种反抗。对于我们而言，面对日常生活中的平淡、感触无聊生活背后生命的被动，走向岁月的深处，需要的是诗、是哲学抑或是宗教。

纵观人类生存的历史，似乎总被某种欲望驱动，寻求发展和进步。但进步自身又生成了新的威胁和危机，于是，人类为了克服危机，再次调动人的智能，寻求新的发展和进步。如此的文明发展模式，陷入了一种宿命论式的怪圈。在超越人类中心主义的立场观之，人类自身就如一只陀螺，不断地被自身的欲望和恐惧所驱使，上演着一场穷途末路之舞。

他人の空

飯島耕一

鳥たちが帰って来た
地の黒い割れ目①をついばんだ②
見慣れない屋根の上を上ったり下ったりした
それは途方に暮れているように見えた

空は石を食った③ように頭を抱えている
物思いにふけっている
もう流れ出すこともなかったので④
血は空に
他人のようにめぐっている

---

① 二战末期，美军对日本实施大空袭，轰炸了除京都、奈良之外几乎日本的全境。割れ目：裂缝，也比喻日本人肉体和精神层面的伤痕。
② 啄む（ついばむ）：鸟儿啄食。
③ 啃食石头，隐喻日本人对于战败难以承受的沉重痛苦的心情。
④ 已经没有什么可以流出，唯有血——过去的记忆、历史的伤痕不断地发出迫问，让生活在当下的人不得不回归自己的内心，倾听岁月留在体内虚空的声音。

中文译诗

他人的天空

鸟儿们归来
啄着大地上的黑色裂缝
在陌生的屋顶　上上下下
世界　已似日暮途穷

天空　像是啃食了石头　抱着脑袋
陷入沉思之中
鲜血无须再流
因为　它已在空中
像是与己无关地奔涌

释文

饭岛耕一（いいじまこういち，1930—2013），冈山市人，日本当代超现实主义诗人、小说家和诗歌评论家。1953年，出版处女诗集《他人的天空》，引起诗坛瞩目。1959年，与大冈信等创立诗刊《鳄》。著有诗集《何处去》（『何処へ』）、《梦想黑夜小太阳的独言》（『夜を夢想する小太陽の独言』，获得第一届现代诗人奖）等。另有小说《暗杀百美人》（『暗殺百美人』）和评论集《超现实主义的传说》（『シュルレアリスムという伝説』）、《巴尔扎克随想》（『バルザック随想』）等。

本诗选自同名诗集《他人的天空》，最初发表时题为《所有战争的终结》系列诗篇的一部分。

“他人的天空”，也可以翻译成“陌生的天空”。二战后，美军占领日本，驻军总司令麦克阿瑟成为日本的“太上皇”。日本事实上沦为美国的附庸国，航空管制下，日本的天空是美军独有的领空。不过，作为超现实主义风格浓郁的诗歌，他人的天空，并不直接反映外部的现实。因为在诗人眼中，所谓的现实，是外部世界与内心意象世界的融合，是主观与客观交融一体。所以，“他人的天空”与其解读为被美军占领下的天空，不如理解为诗人发现了自己内心世界中面目全非的那一部分，即陌生的天空、他人的天空。这首诗的主题是自我的陌生化和疏离，是一种难以被触及的倦怠感。

从写作方法上看，第一段用的是过去式的客观描述，而第二段则全部使用了正在进行时态。

二战后，美军操纵下的日本临时政府做的第一件事情，就是为了日本"良家妇女"的贞操免于被美军侵犯，政府颁布法令，为美国占领军开设慰安所，招募无数穷苦女性为美军提供性服务。这不由得让人联想起美国人侵入伊拉克，组成临时政府后，颁布的第一道法令，是宣布伊拉克的石油出口，从欧元改用美元结算。

现实残酷，历史的车轮下没有美好的诗意，因此，真正的诗歌需要面对丑陋，对抗虚无，这是诗面对真的美学态度。

鸟儿归来，啄着大地的裂缝。描写战败后的日本人面临的粮食危机，黑市横行，女子卖淫的现实。也有人指出，这首诗的历史背景是：1953年吉田内阁解散，中国开始遣返日军战俘以及日籍解放军战士。飞还的鸟儿，应是指战败归来的战士。而迎接他们的是一个已经陌生的国度——国破山河在，荒园草木深。

饭岛耕一的诗作充满了高度的理性运动，但这种理性并非完全超越了抒情。就我个人而言，我喜欢这种介乎理性和感性之间的作品。如他有一首诗名为《剪切的天空》，开篇写道：我不曾看到的天空下/藏匿着她的身影/记忆中/依稀还记得有几片被剪切的天空。

かなしみ

谷川俊太郎

あの青い空[①]の波の音が聞えるあたりに

何かとんでもないおとし物を

僕はしてきてしまったらしい[②]

透明[③]な過去の駅で

遺失物係（いしつぶつがかり）の前に立ったら

僕は余計（よけい）に悲しくなってしまった

---

① 空，是谷川俊太郎诗歌中的集中意象之一，是他的诗歌哲学和生命追问的场域。

② “して”（する的连用形）对应的宾语是上一句的“おとし物”，而“きて”表示这一状况持续发生，对现在的“我”造成影响和作用。

③ 或受到了宫泽贤治对“透明”一词偏好的影响。谷川俊太郎的父亲正是谷川彻三（1895—1989），是日本著名哲学家、思想家和评论家，也是日本近代哲学开创者西田几多郎的学生。但对文学爱好者而言，谷川彻三更是宫泽贤治诗歌的铁粉，是第一部宫泽贤治诗集出版的主要推动者之一。

中文译诗

悲伤

在听见蓝天涛声的地方
有些意想不到的东西
似乎已经被我遗忘

在透明的过去的车站
我站在失物招领处前
心里特别悲伤

释文

谷川俊太郎（たにかわしゅんたろう，1931—），被誉为日本健在的"唯一的国民诗人""宇宙诗人"，是日本当今最具代表性的文化人士之一。从1952年出版第一部诗集《二十亿光年的孤独》（『二十億光年の孤独』）以来，陆续出版诗集80余部，并以翻译家、词作者、剧本写作者等多重身份广泛参与日本的电影、绘本、歌谣等各个领域的活动，获得日本及海外诗歌奖无数，开创了新的抒情诗传统。更为令人敬仰的是，他以诗的高度自觉和清醒意识，孜孜不倦地燃烧着的不息的生命力。

这首诗选自他的第一部诗集《二十亿光年的孤独》，已有中译本（2016，译者田原，天津人民出版社）。出版这部诗集的时候，谷川俊太郎21岁，正是聂鲁达写出爱情诗歌圣经《二十首情诗和一支绝望的歌》的年纪。这部诗集也树立了谷川俊太郎独特的抒情风格。按照日本诗人、评论家大冈信的说法，谷川俊太郎在这部诗集中的孤独，不仅是诗人自身的孤独，而且是以宇宙为背景的人类的孤独。

如题目所示，这首诗歌的主题是“悲伤”，关乎青春的迷茫、成人的懊悔，也关乎现实的苦闷，甚至是存在本身的一种悖论。但，这种“悲伤”究竟是什么？可以感知、触摸，却难以看到、描绘它的真容，像康德所言的不可知论中的“物自体”一样。它如此深刻，以至于无法被语言命名。于是，诗人尝试以诗的方式，小心翼翼地徘徊在语言的边界打捞“悲伤”的意味。

不过，就像很多评论家所说，显然这种悲伤带有青春感伤的气息，是20岁左右这个年纪所发生的一种历史的断裂感或是告别，就像一种自我设置的青春祭坛、成人礼。随着岁月和生命的洗礼，谷川俊太郎慢慢将这种“悲伤”写成了欢乐的味道：

> 悲伤从某种程度上说是人活着的真理，但我诗歌中的悲伤并不是单纯的人类悲伤的真理。这样我就和日本的其他诗人不同了。日本的大部分诗人，包括萩原朔太郎，都长于表达那种日本式的悲伤，其结果是悲伤意绪的泛滥，不仅在传统的短歌中，在日本的近现代诗中也是如此。我从来不满足于这种悲伤传统，年龄大了之后更觉得，与其在诗歌中表现悲伤，还不如从悲伤中发现活着的欢乐。人活着本身就是一

种悲伤，但随着年龄增长，我发现人活着本身也是一种快乐，这是一种观念的转变。当然我所谓的欢乐不是简单的欢乐，而是在对悲伤保持高度警惕下的欢乐，悲伤之内的欢乐。我在悲伤中发现欢乐时，会尝试将其与我的个人生活联系在一起。有各种各样的悲伤，怎样从中发现欢乐，我把这看成是我作为诗人的一种责任。①

① 唐晓渡：《谷川俊太郎：发现悲伤之内的欢乐》，《经济观察报》，2007 年 3 月 24 日。

命の別名

中島美雪

知らない言葉を覚えるたびに
僕らは大人に近くなる
けれど最後まで覚えられない
言葉もきっとある

何かの足(た)しにもなれずに①生きて
何にもなれずに消えてゆく
僕がいることを喜ぶ人が
どこかにいてほしい

石よ樹よ水よささやかな者たちよ
僕と生きてくれ

くり返す哀(かな)しみを照(て)らす灯(ひ)をかざせ②
君にも僕にもすべての人にも
命に付く名前を「心」と呼ぶ
名もなき君にも名もなき僕にも

---

① 足しにもなれず：“足しになれる”的否定形态，意思是毫无用处，没有留下痕迹。
② かざせ：“かざす”的命令形，汉字标记为“翳す”。这个词有许多意思：1. 举到头上，挥起；2. 举起（灯火）照亮；3. 罩个阴影，遮上光；4. 罩上，伸在……上。此处为第二个意思。

たやすく[①]涙を流せるならば

たやすく痛みもわかるだろう

けれども人には

笑顔のままで泣いてる時もある

石よ樹よ水よ僕よりも

誰も傷つけぬ者たちよ

くり返すあやまちを照らす灯をかざせ

君にも僕にもすべての人にも

命に付く名前を「心」と呼ぶ

名もなき君にも名もなき僕にも

石よ樹よ水よ僕よりも

誰も傷つけぬ者たちよ

くり返すあやまちを照らす灯をかざせ

君にも僕にもすべての人にも

命に付く名前を「心」と呼ぶ

① 原形是“たやすい”（容易い），形容词，容易的、轻而易举的。

名もなき君にも名もなき僕にも

命に付く名前を「心」と呼ぶ
名もなき君にも名もなき僕にも

中文译诗

生命的别名

每学会一个不认识的词语
我们便距离成人近了一步
可是　到了生命最后一刻
一定还有无数不认识的词语

一事无成　生命消逝
碌碌无为　毫无用处
为我的存在而喜悦的人
我希望他活在人间的某处

陪着我一起活下去吧
石头、树木和水
这些微不足道的事物

你　我　还有所有的人
举起灯火　照亮无尽的悲哀
没有名字的你没有名字的我
生命的别名叫“心”　就这样称呼

如果可以轻易地流出泪水
也就可以轻易地理解痛苦
可是我们人类
在微笑时也会泪眼模糊

石头、树木和水
以及比我还不会伤害他人的人们啊

你　我　还有所有的人
举起灯火　照亮无数过错
没有名字的你没有名字的我
生命　用“心”来称呼

石头、树木和水
以及比我还不会伤害他人的人们啊

你　我　还有所有的人
举起灯火　照亮无数过错
没有名字的你没有名字的我
生命　用“心”来称呼

没有名字的你没有名字的我

生命　用“心”来称呼

释文

美雪，这个名字是一首诗。

中岛美雪（なかじまみゆき，1952—），这个人更是一首诗。

她是“养活半个华语流行乐坛”的日本国宝级歌手，是迄今为止日本唯一横跨四个年代得过公信榜Oricon第一名的歌手。从20世纪70年代至今，她创作（歌词、作曲并演唱）了半个世纪，42张专辑、600首单曲、8部以上舞台剧以及无数场公众演出……从数量到质量，从音乐的内涵到影响力，在亚洲无人匹敌。

她有六首歌曲被收入日本的中学教科书：1975年的《时代》、1984年的《幸福论》、1991年的《永久欠番》、1992年的《诞生》、1992年的《线》以及2000年的《地上的星》。她还是迄今为止，唯一以歌手身份担任过日本国语文教科书评审委员会的委员。从20世纪80年代至今，她先后出版过14本小说、短篇集与诗歌集。1996年出版的小说《2/2》曾被文学界誉为“直木奖”级的作品。

可以说，她的存在绝非“歌手”二字可以概括和定义，出身文学系的中岛美雪，她的歌曲以及表演自出道之日起便抵达了一种美学的高度。其中，她对语言的自觉与警觉，构成了其美学最核心的语言哲学基础。几乎每一部作品都是音乐与诗性、美与理想、爱与理智的统一。

《生命的别名》这首歌是日本东京广播电视公司（简称TBS）著名的电视剧《圣者的行进》的主题曲，因此，被很多人理解为献给身体障碍人士的歌曲，是以爱为主题的作品。但通读这首歌，特别是结合编曲和中岛美雪的现场表达，我们注意到这首歌是在追问生命的意义，是一首充满着哲思和悲伤的歌。

开篇第一段就把听众（读者）带入一个不同于日常生活的带有超验意味的世界："可是，到了生命最后一刻，一定还有不认识的词语无数。"

公元前5世纪，古希腊的智者学派代表人物普罗泰戈拉提出了"人类是万物的尺度"这一观点。这也为后来启蒙时代的人文主义提供了重要思想资源。在人类中心主义和工具理性盛行的当下，不幸的是，语言不仅是人类理解、沟通世界最重要的手段，也是奴役、压迫世界万物和人类同胞的重要途径。

世界的意义，似乎在于人类以语言为之命名。对一般人来说，词语的背后是真相和事实，是知识和理性，也是一个概念富饶、且充满诱惑和危险的世界。词语代表着确定性和价值塑造的可能，是世界现存的秩序，即现实合理性的证明。或许，词语可以作为成功的尺度、理性的标杆，但这绝非是人的尺度，语言无法为生命命名。为生命命名的，只能是人的内心。因为，只有内心而非大脑才有可能感受到他人的疼痛。

中岛美雪在歌词中持有的是一种悲观的乐观主义，即认为人的存在是"无尽的痛苦"，要高举火炬，照亮黑夜和无尽的悲伤，直面人生的残酷。

对语言的怀疑，是理解中岛美雪音乐的关键线索之一。在语言的童年期，人类给世界命名是一种诗的方式，如太阳、天空和树木，这些名词之间是一种共生的关系，但后来，语言成了理性的工具，语言造成人与自然、人与人之间的分裂和奴役，原有的和谐被区别，伤害取而代之。或许，人类唯有回归到石头、树木和流水的位置，回归到无名的位置，才能理解生命的本意。

2008年留日期间，我曾听着她的歌去北海道只身游历，这是我唯一的一次“追星”体验。在她的歌声中，我去了许多港口、乡村和城市。在一个叫苫小牧市（とまこまいし）的孤独的车站，我独自一人在等候开往札幌的汽车，天空突然下起了冰冷大雨，雨声合着耳机中传来的激越又不失柔情的歌声，让我体验到一种莫名的感动。由此，我理解了世人所谓的追星，实际上是在渴求一个更好的自己。

チョコレート革命起こす

俵万智

男ではなくて大人の返事する

君にチョコレート革命起こす

中文译诗

巧克力革命

你以成人　而非孩子的方式回应我（对你的爱）

我以孩子的方式　向你发起巧克力革命

释文

俵万智（たわらまち，1962—）是当代最有人气的和歌诗人之一。代表作有和歌集《沙拉纪念日》（「サラダ記念日」，1987）、《巧克力革命》（『チョコレート革命』，1997）、《小熊维尼的鼻子》（『プーさんの鼻』，2006）等。

和歌（在汉诗五七言的影响和刺激下，形成七五调的音律素）作为日本传统格律诗的主流，绵延千余年而不绝。其中，最主要的类型是以“5・7・5・7・7”节奏书写的短歌。明治以来，随着新体诗、自由诗的兴起，汉诗的创作日渐沉寂，但与我国近体诗、古体诗等传统格律诗在近代以来的骤然没落不同，日本传统的和歌、俳句等格律诗依然拥有广泛的民众基础，在特定的范围内被创作和阅读。而且，现代日本和歌（短歌）也构成了日本现代诗歌的一个重要部分。

不过，在小说以及其后的影视文化、动漫游戏等流行视听文化为主导的现当代消费社会形态中，诗歌早已退出文化的中心位置，和歌的出版更是鲜有问津。但俵万智的和歌似乎是个例外，《沙拉纪念日》（第32回现代歌人协会奖）半年之内的销售量近260万册，令人瞠目结舌地再现了洛阳纸贵的现象。

借用2018年天津人民出版社翻译引进《沙拉纪念日》一书中文版的广告词：《沙拉纪念日》融合了古典诗的形式与现代诗的韵味，将生活中细微的小动作，或者常常被人忽略的小事物，其间包括日常生活的琐碎细节、对爱与被爱的犹豫，以及朋友间的随性交谈等，寥寥三行，纸短情长。一行行扣人心弦的优美诗篇，温暖如冬日里的一缕阳光，清新像山间的一泓泉水，温暖治愈。

本歌（诗）选自她的另外一部同名代表歌集《巧克力革命》。在情人节那天，日本女性要向她们喜欢的男性赠送巧克力，以表达爱慕之意，赠送的对象可以是复数。这是一部以女歌人自身不伦之恋的情感经历为描写内容的歌集。女歌人爱上了一位有妇之夫，但对方却对这段恋情犹豫不决……

关于这首和歌，俵万智在《与你共读的一百首爱情诗》（『あなたと読む恋の歌百首』，1997）中曾有如下解释：

在这首短歌中，所做出的“成人的回应”，是调节阀在

> “成人”状态下发挥作用的结果。我分明是以孩子的姿态面对你，可你却仍然以成人的方式回应……上面的句子里应该有这样的焦虑吧。
>
> 仔细想来，在人的心中是“孩子”的部分担当着恋爱的责任。所以，我在这里期待的是“孩子的回应”。（中略）在这场你与我互相角力的恋爱战争中，有“孩子”一面的我举起甜蜜与苦涩的叛逆旗帜，向“成人”的你发起了革命！所谓巧克力革命，就是捕捉到了这种细腻的少女情怀的词语吧。

日本诗歌若有性别，我认为是女性的。不是因为她的细腻和柔情，也不是因为她惯于表达爱与和平，而是因为她以简单抵达深刻，以情感超越理性，以美试图抵达真和善的最深层。

俵万智本人似乎就是为情而生，专注于爱的追寻。她的短歌近乎唯一的主题就是爱情。①

如，写清纯的情动：

「この味がいいね」と君が言ったから七月六日はサラダ記念日。（『サラダ記念日』）

译诗：

“味道真的很棒”，你这样评价道，于是，每年的七月六日就是我们的沙拉纪念日。（《沙拉纪念日》）

写分手：

---

① 俵万智作品中的女性意识十分强烈，但也不同于伊藤比吕美（いとうひろみ，1955—）借用性爱和生育的隐喻，在语言的断裂处寻找自身的存在感。

別れ話を　抱えて君に　会いにゆくこんな日も　吾は「晴れ女」なり。（『チョコレート革命』）

译诗：

怀揣着分手宣言去见你，在这样的日子，我也要做漂亮的女人。（《巧克力革命》）

写不伦之恋：

焼き肉と　グラタンが好き　という少女よ　私はあなたの　お父さんが好き。（『チョコレート革命』）

译诗：

爱烤肉和奶汁烤菜的小姑娘呀，我爱的是你父亲。（《巧克力革命》）

…………

或许，俵万智在短歌中对爱近乎执念的“任性”，恰是生活在都市丛林中日渐丧失自我的年轻人内心的反向证明。她以口语入歌，日常生活中为爱而痴迷、为爱而苦恼、为爱而甜蜜的女人细微的碎碎念，无不有生活在现代装置中的人们的叹息和影子。

歌是诗的源头，诗是歌的本质。俵万智的歌并没有坠入类似中国诗坛口水诗、下体诗写作的流弊。因为，她的歌里，始终有诗的特质。无论她诗歌中的爱怎样的狂野和非理性，诗歌的文字所要抵达的世界，一定以有温度的“美”来命名。

宇宙

北野武

人が生きていく事は

大変なのか　簡単なのか

分からない

大きな夢や　目的を果たせず死んでいく奴

他人が見たら　ちっぽけな事で

喜んだり　悲しんだりする奴

でも　それらを比較してはいけない

この世界には　人の数と同数の宇宙が在る

人はそれぞれ　自分の宇宙で生きている

他人の宇宙を知ろうとしてはいけないかも

——『僕はバカになった』祥伝社　黄金文庫

2000年初版

中文译诗

宇宙

人活着这件事儿

艰难　还是容易?

不清楚

有人没能实现大梦想　大目标就死掉了

还有些　在别人看来因为鸡毛小事

或高兴　或悲伤

然而　这有什么可比较的呢

这个世界上　有多少人　就有多少个宇宙

每个人都在各自的宇宙中存在着

也许　谁也不能了解别人的宇宙

——《我变成了傻瓜》祥传社　黄金文库

2000年初版

释文

不知从何时起，也不知是谁将日本当代诗人谷川俊太郎，冠名为“宇宙诗人”。大概是因为谷川写了许多涉及“宇宙”的诗，抑或是其超越民族主义文学的限制，将自我精神拓展到“宇宙”，并以此彰显人自身的生存境遇。

其实，作为宇宙中的一部分，虽然是极其微小的一部分，每个诗人，都可称作宇宙的诗人抑或宇宙诗人，只要他所写的是一首真正的诗，比如北野武。

北野武（きたのたけし，1947—），又称“Beat Takeshi”，是日本当代站在娱乐和艺术交汇点上的巨匠，拥有著名电影导演、演员、漫才艺人、综艺谐星、节目主持人等多重身份标签，他自己还从事绘画和写作，特别是他的诗歌，诙谐而又深刻，机敏而不失风趣。其中，有一些明显带有“宇宙风”的诗歌作品。今天，我们就以北野武的诗歌《宇宙》为中心，向大家介绍这位“业余”诗人的诗歌特色。

这首《宇宙》，在文体上属于口语化的写作，但内容却是极具思想性的。第一次读到它时，让我想起传统汉文学中的一种特殊的诗歌文体——诗偈（有时与禅偈、偈等混用）。这种诗体，在文言创作为主的古典“言志抒情”的文学世界，以白话/口语化的自由诗体，塑造了一个活泼而又严肃的思想世界。如日本曹洞宗创始人道元（1200—1250）在《正法眼藏》第十一卷的开篇禅偈《有时》，就以自由口语体诗歌的形式表达了对“道”存万态这一形而上学命题的形象理解。这比田原老师主张日本现代诗之起点为与谢芜村（1716—1784）创作的《悼北寿老仙》（1777）的年代要早很多。[①]

当然，口语化自由诗体一定程度上意味着情绪的活泼与思想的自由，但并不能说明诗歌自身的思想深度。如金子美铃的《我、小鸟和铃铛》：铃铛、小鸟和我，我们不一样，但都很棒。再如，前几年流行于网络的不知真假的美国职场小诗："有人22岁就毕业，但等了5年才找到好的工作！……奥巴马55岁就退休，川普70岁才开始当总统。世上每个人本来就有自己的发展时区。身边有些人看似走在你前面，也有人看似走在你身后。但其实每个人都在属于自己的时区里，有自己的步程……"

北野武这首《宇宙》，乍一看似乎也是老调重弹，说的是人与人的差异性。但仔细体味，你会发现北野武感慨的不是人与人之间的差异，而是人生存的本质——每个人都是一个无法被他人理解的孤独的宇宙。对于个体而言，死亡或许并不是最可怕的，可怕的是一种无法与他人共情与共享的孤独。而且，北野武将这种孤独彻底化、绝对化了，从根本上拒绝了摆脱孤独的希望与可能。

大家若感兴趣，可以了解一下德国天才哲学家莱布尼茨（1646—1716）的无窗单子论之说。在莱布尼茨看来，世界的基础是单子。人的灵魂是一种简单、不朽的物质，它通过存在物的预定和谐，与身体形成暂时的统一。换言之，人的灵魂即是一种单子。单子不可分割、没有广延，它不是物理上的点，也不是数学上的点。单子既不产生，又不消失，并且还具有独立的精神性格。每个单子都像一粒种子，携

① 之所提及《有时》这篇诗作，我想引出两个问题：第一，宇宙诗人的标准若以有无对"宇宙"的自觉为前提，那么，最早的宇宙诗作，一定自宗教中产生，比如禅偈；第二，论及日本现代诗的起源，仅从诗体出发，也应从禅偈，甚至比之更早的汉译佛典及与此相关的汉诗训读（文语自由诗）中去考虑。

带着过去，也孕育着未来。

莱布尼茨主张单子没有窗户，这意味着人内部某些观念在不受外部的影响而先天存在。这意味着自由意志存在的可能，并的确启发了后来的康德哲学。但这同时也意味着，单子是独立的、封闭的、没有可供出入的窗户。正如同人是孤独的，孤独是注定的，也是永恒的。

北野武是否读过莱布尼茨的哲学可以成为一个问题，但这并不重要。重要的是，莱布尼茨借助无窗单子之说，想要证明上帝存在的和谐。而北野武则在无人思考上帝是否存在的浅薄时代，借助相似的感受力触及了一个本质性的生存论问题。北野武的狂放、幽默、野性、暴力，潜藏着这个时代的鲁莽和无知。北野武曾说，如果无趣，他宁愿去死。就像在另外一首类似于微型场景剧的诗《喂》中所言：

天空很蓝吧，大海很辽阔呀
有朋友，有恋人，有梦想吧
口袋里的钱也够花呀
是这样吗？
那么，赶快去死吧[①]

北野武极度敏感的神经捕捉到了这个时代的焦虑与不安，也对这个制造平庸和无知的时代抱以怀疑和愤怒。但至于发现现象背后的原因，或许也并非是艺术所要承担的义务。

最需要说明的是，北野武诗歌的价值并非源于其思想的深度。回

---

① 原诗：オーイ／空は青いか／海は広いか／夢はあるか／友はいるか／誰かに恋してるか／ポケットの中の金で満足か／そーか／じゃあ／さっさとしね。中文译诗为笔者译。

到诗歌本身，我们可以看到他的诗歌独特的意味在于一种美学形式，即敏锐而深刻的情趣经由口语化、戏谑口吻，在戏剧化的场景、抑或日常性的对话中自然地溢出。

3

参考文献

参考文献

一、古典篇

［1］秋山虔　三好行雄『新日本文学史』[M].日本東京：文英堂　2016年

［2］西尾実　秋山虔『日本文学史』[M].日本東京：秀英出版　1984年

［3］佐々木八郎など『新修日本文学史』[M].日本京都：京都書房　1997年

［4］久松潜一『日本文学史』[M].日本東京：至文堂　1979年

［5］小島憲之など校註『万葉集』[M].日本東京：小学館　1994年

［6］小島憲之など校註『古今和歌集』[M].日本東京：岩波書店　1989年

［7］田中裕校注『新古今和歌集』[M].日本東京：岩波書店　1992年

［8］佐佐木信綱校訂『山家集』[M].日本東京：岩波書店　1980年

［9］島津忠夫等編著『小倉百人一首』[M].日本京都：京都書房　2005年

［10］佐佐木幸綱等編『名歌名句辞典』[M].日本東京：三省堂　2005年

［11］楠戸義昭等『幕末維新の美女紅涙録』[M].日本東京：中公文庫　1997年

［12］麻生磯次等『俳句大観』[M].日本東京：明治書院　1980年

［13］井本农一『芭蕉入門』[M].日本東京：講談社学術文庫　1977年

［14］高浜虚子『俳句への道』[M].日本東京：岩波文庫　1997年

［15］夏目漱石『漱石全集』第18巻[M].日本東京：岩波書店　1956年

［16］石川忠久『漢詩鑑賞事典』[M].日本東京：講談社学術文庫　2009年

二、近现代篇

［1］西原大輔『日本名詩選1』[M].日本東京：笠間書院　2015年

［2］西原大輔『日本名詩選２』[M].日本東京：笠間書院　2015年

［3］西原大輔『日本名詩選３』[M].日本東京：笠間書院　2015年

［4］中村稔　三好行雄　吉田熈生『近代の詩と詩人』[M].日本東京：有斐閣　1974年

［5］東京音樂学校編『中學唱歌』[M].日本東京：東京音樂學校　1901年

［6］島崎藤村『若菜集』[M].日本東京：春陽堂　1897年

［7］上田敏編『海潮音』[M].日本東京：日本近代文学館　1973年

［8］蒲原有明『有明詩集』[M].日本東京：易風社　1908年

［9］蒲原有明『有明詩集』[M].日本東京：アルス　1922年

［10］与謝野晶子『みだれ髪』[M].日本東京：東京新詩社　1901年

［11］山村暮鳥『雲』[M].日本東京：イデア書院　1925年

［12］室生犀星『我が愛する詩人の伝記』[M].日本東京：中央公論社　1958年

［13］北原白秋『邪宗門』[M].日本東京：易風社　1909年

［14］北原白秋『東京景物詩及其他』[M].日本東京：東雲堂書店　1913年

［15］吉田精一『日本近代詩鑑賞明治篇』[M].日本東京：新潮社　1953年

［16］吉田精一『日本近代詩鑑賞昭和篇』[M].日本東京：新潮社　1955年

［17］吉田精一　分銅惇作編『近代詩鑑賞辞典』[M].日本東京：東京堂　1973年

［18］萩原朔太郎『月に吠える』[M].日本東京：感情詩社　1917年

［19］佐藤春夫ほか訳『現代譯詩集』[M].日本東京：筑摩書房　1957年

［20］佐藤春夫『定本佐藤春夫全集』[M].日本京都：臨川書店　1999年

［21］西原大輔『谷崎潤一郎とオリエンタリズム：大正日本の中国幻想』[M].日本東京：中央公論新社　2003年

［22］宮沢賢治『新校本宮沢賢治全集　第13巻上覚書・手帳本文篇』[M].日本東京：筑摩書房　1997年

［23］八木重吉『秋の瞳：詩集』[M].日本東京：新潮社　1925年

［24］丸山薫『鶴の葬式：詩集』[M].日本東京：第一書房　1935年

［25］村野四郎『体操詩集』[M].日本東京：アオイ書房　1939年

［26］中野重治『中野重治詩集』[M].日本：ナップ出版部　1931年

［27］山之口貘『詩集思辨の苑』[M].日本東京：むらさき出版部　1938年

［28］草野心平『第百階級：草野心平詩集』[M].日本東京：銅鑼社　1928年

［29］原民喜『原民喜詩集』[M].日本東京：細川書店　1951年

［30］山下洪文『よみがえる荒地：戦後詩・歴史の彼方・美の終局』[M].日本東京：未知谷　2020年

［31］茨木のり子『見えない配達夫』[M].日本東京：飯塚書店　1958年

［32］茨木のり子『自分の感受性くらい』[M].日本東京：花神社　1977年

［33］高野喜久雄『詩集独楽』[M].日本東京：中村書店　1957年

［34］飯島耕一『他人の空：飯島耕一詩集』[M].日本東京：書肆ユリイカ　1953年

［35］谷川俊太郎『うつむく青年』[M].日本東京：サンリオ　1977年

［36］俵万智『あなたと読む恋の歌百首』[M].日本東京：朝日新聞社　1997年

［37］［意］克罗齐（Benedetto Croce）著，朱光潜译《美学原理》［M］上海：上海人民出版社，2007年

［38］罗兴典《日本战后名诗百家集》[M].福州：海峡文艺出版社　1993年

［39］迟军《日本名诗鉴赏》[M].沈阳：辽宁人民出版社　1994年